Plan d'évasion :

Infiltration

Bradley T. Livingston

Dédicace

"À vous, cher lecteur, pour rendre ce voyage précieux."

"Pour mes lecteurs, qui insufflent vie à ces pages."

"À tous ceux qui prennent ce livre en main, merci de donner une chance à mes mots."

"Pour chaque lecteur qui retrouve une part de lui-même dans ces chapitres."

En mémoire affectueuse de ma grand-mère, Pearlie Mae Mumford, 1932-2021

Remerciements

Ma mère est une femme extraordinaire. Il m'est difficile d'exprimer en quelques phrases ce qu'elle représente pour moi. Je remercie ma mère de m'avoir donné la vie; aucun autre cadeau ne peut égaler cela. J'ai été éduquée par cette femme, Virgie Mae Saunders (Stoner), et par une grand-mère, Pearlie Mae Mumford, qui m'ont enseigné chaque jour la différence entre le bien et le mal pour que je fasse quelque chose de ma vie (Psaumes 19:1; Romains 1:20).

À propos de l'auteur

Bradley T. Livingston, vétéran de 12,5 ans de l'armée américaine et de la Garde nationale, cherche à inspirer la communauté mondiale avec son approche unique des histoires d'horreur pour enfants.

De plus, il lance une nouvelle alternative d'école en ligne à domicile, mettant l'accent sur la commodité de l'apprentissage à domicile et sur la création d'un environnement éducatif sécurisé pour les étudiants.

Cette initiative éducative est connue sous le nom de Bradley T. Livingston High School College et Bradley T. Livingston High School for the Arts, qui abrite les Taipans.

Table des matières

Chapitre 1

La vision d'Alex

Enfermé dans les froides et inanimées limites de sa cellule de prison à la pénitencier de Greywall, Alex Thompson était penché sur un vieux bureau en bois. La douce lueur de l'ampoule au-dessus de lui révélait des croquis détaillés étalés devant lui. Ces plans étaient bien plus qu'une simple carte de la prison; ils représentaient son espoir—une porte de sortie dans un monde qui l'avait injustement étiqueté comme criminel.

Cela faisait 327 jours que la vie d'Alex avait irrévocablement changé, depuis ce fatidique lundi matin où des accusations d'espionnage industriel avaient bouleversé son existence.

Alex Thompson avait autrefois été une étoile montante dans une prestigieuse entreprise de technologie, renommé pour ses conceptions d'ingénierie créatives et son dévouement sans faille à son travail. Ses journées étaient remplies de projets complexes et de séances de brainstorming collaboratif avec des collègues qui appréciaient son expertise et son approche innovante.

Ce lundi matin décisif, cependant, la vie d'Alex a pris un tournant radical. Assis à son bureau, profondément absorbé par un nouveau projet, il a vu des agents de sécurité faire irruption dans son bureau avec des accusations alarmantes. Ils l'accusaient d'avoir volé des informations sensibles de l'entreprise et de les avoir vendues à un concurrent—une accusation qu'Alex a niée avec véhémence. Malgré ses protestations et le manque de preuves substantielles contre lui, il a été rapidement arrêté, soumis à un procès expéditif, et condamné à une peine sévère de quinze ans de prison.

L'incident qui a conduit à l'arrestation injuste d'Alex prenait racine dans un sinistre coup du sort. Travaillant tard un soir, Alex était tombé sur des fichiers cryptés sur l'ordinateur d'un collègue. Intrigué et inconscient du danger qu'ils représentaient, il y avait accédé sans savoir qu'il se compromettait. Le matin suivant, ces mêmes fichiers avaient mystérieusement été retrouvés sur l'ordinateur d'Alex, déclenchant des alarmes et une enquête rapide. Empreintes digitales, documents falsifiés et courriels manipulés semblaient l'incriminer sans aucun doute. Ses collègues, autrefois dignes de confiance, égarés par des preuves accablantes, se sont éloignés de lui, laissant Alex face au poids de la suspicion et de la trahison.

Déterminé à laver son nom terni et à retrouver sa liberté, Alex planifiait méticuleusement son évasion de la pénitencier de Greywall.

Alex était derrière les barreaux depuis trois longues années. Ses traits autrefois nets portaient désormais les marques de la vie carcérale—peau pâle, yeux fatigués cerclés de cernes sombres, et une silhouette mince qui témoignait de la liberté perdue et de l'enfermement. Malgré les difficultés gravées sur son apparence, il y avait dans son regard une détermination—une résolution qui trahissait un esprit constamment en train de planifier, de calculer, de chercher la moindre faille dans le système.

Le plan lui-même était une œuvre d'art

clandestine. Les couloirs étaient détaillés avec les horaires de patrouille des gardiens, les conduits de ventilation marqués avec des routes d'évasion potentielles, et les points de contrôle de sécurité repérés avec une précision méticuleuse. Chaque ligne était tracée avec un but, chaque annotation un indice dans un labyrinthe de béton et d'acier. Ce n'était pas seulement un plan; c'était une stratégie—a roadmap vers la liberté.

Pour Alex, ces plans représentaient bien plus qu'une simple évasion; ils symbolisaient une rédemption. Encadrés dans leurs lignes se trouvait une chance de réécrire l'histoire qui l'avait mené ici. Ils étaient sa clé pour retrouver une vie volée par les circonstances et une justice dévoyée. Chaque nuit passée à les étudier était un pas de plus vers un avenir au-delà de ces murs—un avenir où il pourrait prouver son innocence et reconstruire ce qui avait été brisé.

Alors qu'il observait les détails minutieux, son esprit vagabondait vers le jour où tout avait mal tourné— les fausses accusations, le procès expéditif, le verdict sévère qui avait scellé son sort. Pourtant, au milieu de l'amertume de l'injustice, une flamme de défi persistait. Il refusait d'être défini par les barreaux qui le retenaient ou par l'uniforme qu'il portait. Alex Thompson était bien plus qu'un prisonnier; il était un stratège, un survivant, un homme animé par la soif de vérité et le désir de justice.

Le plan, avec ses bords usés et ses coins froissés, murmurait des promesses de couloirs encore inexplorés, d'obstacles prêts à être surmontés. C'était un témoignage de sa résilience, un témoignage de la force de l'esprit humain face aux plus sombres adversités. Chaque trait de crayon, chaque annotation à l'encre, témoignait de sa foi inébranlable en un lendemain où la liberté ne serait plus un simple rêve mais une réalité qui l'attendait.

Ainsi, dans la solitude silencieuse de sa cellule, Alex Thompson continuait d'étudier, de planifier, de rêver. Car au-delà des barreaux d'acier et des murs de béton, au-delà des regards scrutateurs et des jugements sévères, se trouvait un monde où la vérité l'attendait— un monde où le plan qu'il tenait pourrait déverrouiller non seulement une porte, mais son avenir tout entier.

Alex avait obtenu le plan en combinant des observations minutieuses et des conversations discrètes avec d'autres détenus. Après trois ans en prison, il connaissait bien la disposition des lieux, savait où les gardes patrouillaient et où les caméras étaient placées. Il écoutait aussi attentivement les rumeurs et les commérages entre prisonniers, recueillant des informations sur la structure et les mesures de sécurité du bâtiment.

Parfois, il surprenait un aperçu des plans tenus par des ouvriers de maintenance ou des contractuels, qu'il mémorisait ou esquissait dès que possible. D'autres fois, il posait subtilement des questions lors de conversations anodines, feignant un intérêt pour l'histoire ou l'architecture de la prison. Peu à peu, Alex a rassemblé ces informations pour obtenir une compréhension complète de la disposition de la prison.

Une fois qu'il avait réuni suffisamment de détails, Alex a commencé à dessiner son propre plan. Il utilisait tous les matériaux qu'il pouvait trouver—crayons, bouts de papier, même le dos de documents jetés. Chaque nuit, sous la faible lueur de l'ampoule de sa cellule, il reproduisait minutieusement ce qu'il avait mémorisé ou entendu. Ce n'était pas facile; il devait rester discret pour ne pas éveiller la méfiance des gardiens ou des autres détenus.

Le plan est devenu plus qu'une simple carte; il est devenu sa bouée de sauvetage—un symbole d'espoir et un projet pour la liberté. Alex savait qu'avec la bonne stratégie et le bon moment, il pourrait utiliser ces connaissances pour naviguer dans les complexités de la prison et trouver un moyen de s'échapper. Le processus n'était ni rapide ni simple, mais la détermination et l'ingéniosité d'Alex le maintenaient concentré sur son objectif.

La cellule qu'Alex occupait était exiguë, ses murs nus peints d'un gris terne qui semblait oppressant. Dans un coin, un lit étroit occupait la majeure partie de l'espace, son matelas mince et usé par des années d'utilisation. Une petite fenêtre, lourdement grillagée, laissait passer un mince filet de lumière lunaire, projetant de faibles ombres sur le sol froid. L'air portait une odeur persistante—un mélange d'humidité et de désinfectant—qui imprégnait chaque recoin, rappelant la morosité de son existence quotidienne.

Dans ces murs confinés, le temps passait lentement, rythmé par les repas et les échos occasionnels de voix lointaines provenant d'autres parties de la prison. Le silence était lourd, seulement brisé par le bruit occasionnel des pas à l'extérieur de sa cellule ou le cliquetis des clés quand les gardes faisaient leurs rondes.

Malgré les conditions difficiles, Alex s'était adapté à son environnement avec une détermination tranquille. Il avait établi une forme d'ordre dans le chaos de la vie carcérale, trouvant du réconfort dans les moments de solitude où il pouvait esquisser ou prendre des notes dans les marges de vieux journaux. Ces petits actes de défiance contre la monotonie gardaient son esprit vif et concentré sur son objectif ultime : trouver un moyen de s'évader de cette prison où il était injustement enfermé.

Chaque nuit, assis au vieux bureau en bois usé, se penchant sur ses plans improvisés sous la faible lumière de l'ampoule, Alex trouvait un bref sentiment de liberté en planifiant son avenir au-delà de ces murs.

La prison de Greywall, construite au milieu des

années 2000, se dresse comme une forteresse imposante, nichée au cœur de forêts denses et de falaises escarpées. Conçue comme un établissement de haute sécurité, son extérieur intimidant et son emplacement stratégique rendent toute évasion presque impensable. À l'intérieur, la prison se déploie en un labyrinthe de béton froid et de métal renforcé, une véritable incarnation de son objectif : confiner certains des criminels les plus dangereux de la société.

Le cœur de la prison de Greywall bat au rythme de ses quatre blocs de cellules principaux, étiquetés A, B, C et D, chacun abritant environ une centaine de détenus. Les cellules elles-mêmes sont austères, avec un mobilier minimal : un lit étroit, un petit bureau, un lavabo et des toilettes. Les murs, dépourvus de décoration, amplifient le sentiment d'enfermement, tandis qu'une petite fenêtre, placée en hauteur et équipée de barreaux, laisse à peine entrer un mince filet de lumière naturelle. Les espaces communs de chaque bloc servent de points de rencontre pendant les périodes de loisirs, meublés de quelques bancs, tables et vieilles télévisions fixées aux murs en béton, apportant un maigre répit à la monotonie du gris environnant.

La cantine, vaste espace au cœur de la prison, accueille des centaines de détenus autour de longues tables et bancs utilitaires. La cuisine, séparée par une barrière en acier robuste, dégage une odeur perpétuelle de nourriture trop cuite mêlée à l'odeur stérile du désinfectant. C'est ici que les routines quotidiennes sont ponctuées par le rituel des repas en commun, offrant un semblant de normalité au milieu des dures réalités de l'incarcération.

Au-delà des routines quotidiennes, se trouve la cour de récréation, un enclos grillagé où les détenus peuvent brièvement profiter de l'extérieur. Quelques équipements d'exercice de base et un unique panier de basketball ponctuent ce paysage austère, encadré par des murs surmontés de fils barbelés. Des tours de garde surplombent la cour, rappelant en permanence les regards vigilants qui surveillent chaque mouvement dans ce domaine restreint.

Les fonctions administratives de la prison de Greywall sont centralisées dans l'aile administrative, qui comprend le bureau du directeur, les bureaux administratifs et les salles de consultation pour les affaires légales. L'accès à cette section est strictement réglementé, réservé uniquement aux rendez-vous et aux affaires officielles, soulignant la séparation entre l'autorité et la détention.

En revanche, l'infirmerie de la prison offre un contraste frappant : un petit oasis stérile au sein de cette réalité impitoyable. Équipée d'un nombre modeste de lits et de fournitures médicales essentielles, elle est gérée par une infirmière et visitée périodiquement par un médecin, fournissant des soins de santé limités mais nécessaires à la population carcérale.

Pour ceux qui transgressent les règles ou nécessitent l'isolement, l'aile d'isolement est un rappel sévère des conséquences. Les cellules ici sont encore plus austères que les autres, avec des portes épaisses et aucune fenêtre. Les détenus confinés dans ces murs subissent des restrictions accrues, avec un minimum d'interactions humaines et seulement une heure d'exercice autorisée dans une cour séparée et close, un endroit où la solitude est à la fois punition et réflexion.

Dans cet enchevêtrement complexe de murs et de règlements, Alex Thompson naviguait dans son existence, un prisonnier qui avait appris à comprendre intimement les nuances de la prison de Greywall. Par des observations discrètes et des questions prudentes, il avait reconstitué le plan de la prison – non seulement son agencement physique, mais aussi le rythme de ses opérations et les vulnérabilités dissimulées dans sa structure redoutable.

Alors qu'il enroulait soigneusement les plans, les dissimulant sous le matelas mince de son lit étroit, Alex se figea en entendant des pas résonner dans le couloir faiblement éclairé, juste à l'extérieur de sa cellule. Il retint son souffle, son pouls s'accélérant d'appréhension. Les pas s'approchaient, leur cadence délibérée résonnant contre les murs froids en béton.

« Vérifiez chaque détenu », ordonna une voix grave, à peine audible à travers les murs épais du bloc cellulaire.

Alex resta immobile, son cœur battant dans sa poitrine. Il connaissait la routine – une ronde nocturne pour s'assurer que tous les prisonniers étaient bien présents et qu'aucune activité illicite n'était en cours. Il devait rester invisible ; tout soupçon pourrait compromettre ses plans soigneusement élaborés.

Les pas se rapprochaient, accompagnés du tintement des clés et des murmures occasionnels des gardiens. Alex se pressa contre le mur, souhaitant que son corps se fonde dans les ombres projetées par les lumières vacillantes au plafond. Il ferma brièvement les yeux, suppliant en silence que sa cachette ne soit pas découverte.

Les pas s'arrêtèrent juste devant sa cellule. La respiration d'Alex se bloqua dans sa gorge alors qu'il se préparait à la scrutin inévitable. Il n'osait pas bouger, se permettant à peine de cligner des yeux, de peur qu'un bruit ne trahisse sa présence.

« Tout est calme ici », remarqua un des gardiens d'un ton bourru et factuel. « Avancez. »

Un soulagement envahit Alex alors que les pas reprenaient leur chemin dans le couloir. Il relâcha le souffle qu'il avait retenu, ses épaules s'affaissant sous le poids de la tension qui s'évanouissait de son corps.

Prudemment, il récupéra les plans de leur cachette improvisée et reprit son étude.

Chaque nuit, enveloppé dans le silence des heures les plus sombres de la prison, Alex étudiait méticuleusement les plans étalés devant lui sur le vieux bureau en bois. Ses yeux suivaient les lignes complexes, cherchant des vulnérabilités dans la redoutable sécurité de la prison de Greywall. Parmi ses découvertes se trouvait un itinéraire prometteur à travers un tunnel abandonné qui serpentait sous l'établissement – un vestige de sa construction depuis longtemps oublié et inutilisé. Ce tunnel, réalisa Alex, pourrait le conduire à un égout situé au-delà des murs de la prison – un potentiel chemin vers la liberté.

Pourtant, le plus grand obstacle auquel Alex

faisait face était le timing. La prison de Greywall était soumise à une surveillance stricte et à des protocoles de garde rigoureux. Toute tentative d'évasion nécessitait une planification méticuleuse et une exécution sans faille. Conscient des conséquences d'un échec, Alex savait qu'il n'avait qu'une seule opportunité de réussir.

Pour se préparer, Alex s'immergea dans les détails complexes des opérations quotidiennes de la prison. Il observait minutieusement les routines des gardiens, mémorisant leurs horaires de service et notant les moments où les caméras de sécurité étaient le moins susceptibles d'être surveillées activement. Les gardiens travaillaient par équipes – matin, après-midi et nuit – chaque changement de service étant marqué par un bref chevauchement au moment où le personnel échangeait ses responsabilités.

Pendant le service de jour, commençant à 7h00, les gardiens étaient les plus alertes et assidus, effectuant des inspections minutieuses des cellules et des espaces communs. Cette période était caractérisée par une activité accrue, avec des détenus confinés dans leurs blocs respectifs sous une supervision stricte. Le service de l'après-midi, débutant à 15h00, apportait une légère détente dans la vigilance alors que les gardiens se concentraient sur des tâches administratives et des activités des prisonniers. C'était durant ce service qu'Alex observait une légère baisse de l'intensité de la surveillance, offrant des fenêtres potentielles d'opportunité pour des mouvements secrets et des préparations.

La tombée de la nuit amenait une ambiance différente dans les murs de la prison. Alors que la dernière lumière du jour s'estompait, les gardiens de nuit prenaient le relais à 23h00. Ce changement de service marquait un moment crucial pour Alex. La transition entre les équipes offrait une brève période de vigilance réduite – une fenêtre fugace où les gardiens, fatigués par la longue journée, échangeaient des informations et prenaient leurs postes pour la nuit. C'était pendant cette transition qu'Alex prévoyait d'initier son évasion.

Alex fixa le plan étalé sur le bureau, son front plissé par la concentration. « D'accord, voyons... Rotation des gardiens ici, » murmura-t-il doucement en traçant du doigt les lignes dessinées. « Si je le chronomètre bien... pendant le changement de service de nuit... »

Il marqua une pause, se tapotant le menton

pensivement. « Ça pourrait être ma fenêtre. Je dois juste m'assurer que les caméras sont en ma faveur. » Ses yeux parcoururent les notes détaillées qu'il avait griffonnées dans les marges. « Et l'entrée du tunnel... C'est risqué, mais ça pourrait être ma meilleure chance. »

Alors qu'il étudiait le schéma, des doutes s'instillèrent en lui. « Et si j'étais attrapé avant même de sortir ? » Il secoua la tête, chassant cette pensée négative. « Non, j'ai planifié cela méticuleusement. Je connais mieux les routines des gardiens qu'ils ne le pensent. »

Les gardiens eux-mêmes variaient en comportement et en approche. Certains maintenaient un professionnalisme sévère, s'en tenant strictement aux protocoles, tandis que d'autres adoptaient une attitude plus indulgente, peut-être fatigués par la tension constante de la vie en prison. Chaque gardien jouait un rôle crucial dans le maintien de l'ordre au sein des murs de Greywall, leur présence rappelant constamment les limites qu'Alex cherchait à défier.

Les détenus de Greywall représentaient un éventail de parcours et d'infractions – allant de petits criminels à ceux condamnés pour des crimes plus graves. L'administration de la prison séparait soigneusement les détenus en fonction de leur comportement et de leur risque pour la sécurité, avec des mesures disciplinaires appliquées par l'isolement ou des privilèges restreints dans l'aile d'isolement.

À l'intérieur de la prison, Alex naviguait dans une existence monotone dictée par la routine. Les matins commençaient tôt avec le bruit des portes de cellules qui claquent et le mouvement des détenus faisant la queue pour un maigre petit-déjeuner dans la cantine. Les journées s'étiraient avec des tâches de travail assignées ou des périodes de loisirs obligatoires dans la morne cour d'exercice, entourée de murs élevés surmontés de fils barbelés.

Chaque soir, alors que la prison s'installait dans un calme inquiétant, Alex se retirait dans sa cellule—un espace austère abritant un lit étroit, un petit bureau et un lavabo solitaire. Le petit miroir au-dessus du lavabo devenait un reflet de sa détermination et un rappel des visages qu'il aspirait à voir au-delà des murs de la prison. Les soirées étaient consacrées à l'étude minutieuse des plans, à l'analyse des itinéraires d'évasion potentiels et au chronométrage des mouvements des gardiens et des caméras de sécurité.

Chaque nuit qui passait dans les confines de la prison de Greywall, Alex Thompson perfectionnait minutieusement sa stratégie d'évasion. Avec une détermination sans faille, il traçait laborieusement chaque détail, du timing précis de chaque mouvement aux risques calculés d'échapper aux gardiens et d'éviter les mesures de sécurité. Son plan pour la liberté n'était pas juste un projet ; c'était une bouée de sauvetage—un chemin de retour vers la vie et la réputation qui lui avaient été injustement enlevées.

Alex savait que les chances étaient contre lui, mais il refusait de céder au désespoir. Au fond de son esprit, il était déjà plusieurs étapes en avance, élaborant des stratégies pour la tâche apparemment impossible qui l'attendait. Il comprenait que parvenir à sa liberté nécessiterait plus qu'un simple coup de chance—cela exigeait une planification minutieuse, un timing impeccable et des nerfs d'acier.

Dans la solitude de sa cellule, le regard d'Alex balayait son environnement, s'attardant sur le petit miroir monté au-dessus du lavabo. Son reflet lui faisait face—un témoignage des mois de souffrance et d'enfermement gravés sur son visage. Pourtant, derrière la fatigue, ses yeux brillaient d'un feu alimenté par la conviction. Il pensait à sa famille—ceux qui croyaient fermement en son innocence et attendaient avec impatience son retour. Il ne pouvait pas se permettre de les décevoir.

Le miroir devenait un symbole de résilience—un rappel de la raison pour laquelle il persistait face à l'adversité. Il ne reflétait pas seulement son apparence physique, mais aussi la force de sa détermination. Chaque jour qui passait, alors qu'il étudiait les patrouilles des gardiens et se familiarisait avec les subtilités de la disposition de la prison, Alex gagnait en confiance dans sa capacité à exécuter le plan d'évasion audacieux qu'il avait méticuleusement élaboré.

Mais Alex savait qu'il ne pouvait pas entreprendre ce périlleux voyage seul. Il avait besoin d'alliés—des personnes partageant son désir de justice et prêtes à l'aider à surmonter les obstacles redoutables qui l'attendaient. Dans l'ombre de la prison de Greywall, des alliances se formaient discrètement, des chuchotements échangés dans de fugaces moments de confidentialité. La confiance se gagnait prudemment, chaque participant étant vérifié pour sa loyauté et sa discrétion.

Chapitre 2

Assembler l'Équipe

La première étape d'Alex consistait à rassembler une équipe aussi compétente et déterminée que lui. Il avait besoin d'alliés capables de naviguer dans les ombres et de déjouer le système qui les avait lésés. Chaque membre devait apporter quelque chose d'unique à la table—des compétences indispensables à la réussite de leur plan audacieux.

Alex Thompson se tenait au bord de la cour de prison désolée, scrutant les lieux d'un œil exercé. Le soleil ardent projetait des ombres angulaires sur l'asphalte fissuré et l'herbe clairsemée. Les détenus traînaient, certains tentant de marquer des paniers au cercle de basket rouillé, tandis que d'autres faisaient les cent pas ou restaient en petits groupes, leurs voix étouffées par les imposants murs de béton.

Son regard se posa sur une silhouette assise seule près de la clôture, baignée dans un rayon de soleil. Lily Harper, dont la présence était un mélange de vulnérabilité et d'intelligence vive, occupait un endroit isolé où elle se retirait souvent pendant le temps de la cour. Alex l'observait depuis des semaines, notant ses routines, ses interactions prudentes et le soin méticuleux qu'elle prenait pour éviter d'attirer l'attention inutile.

La réputation de Lily la précédait—une prodige du numérique avec un talent pour passer à travers les filets de sécurité les plus serrés. À vingt-cinq ans, elle avait déjà fait un nom pour elle dans la communauté des hackers underground avant son arrestation. Ses compétences étaient inégalées, sa capacité à naviguer dans des paysages virtuels et à infiltrer des systèmes impénétrables légendaire parmi ceux qui connaissaient ses exploits.

Mais derrière sa formidable prouesse numérique se cachait une histoire complexe, que Alex était déterminé à percer. Il savait que pour rassembler une équipe capable d'exécuter leur plan d'évasion audacieux de Greywall Penitentiary, il avait besoin d'alliés comme Lily—des individus aux compétences spécialisées et partageant un désir de justice.

S'approcher de Lily exigeait de la finesse. Il ne pouvait pas se permettre de la surprendre ou de paraître menaçant. En se dirigeant vers son coin isolé, il régula sa respiration et adopta un comportement calme, conscient de l'équilibre délicat nécessaire pour gagner sa confiance.

"Lily, n'est-ce pas ?" La voix d'Alex était douce mais déterminée, portée à travers la cour jusqu'à elle.

Surprise, Lily leva les yeux, son expression méfiante. Ses yeux bleus, aigus et évaluateurs, étudiaient Alex avec un mélange de curiosité et de prudence. Elle ne répondit pas immédiatement, l'évaluant avec le regard de quelqu'un habitué à la tromperie et à la manipulation.

"Qui demande ?" Son ton était mesuré, teinté de suspicion due à des années passées à naviguer dans un monde où la confiance était une denrée rare.

"Alex Thompson," répondit-il, offrant un léger sourire désarmant tout en s'arrêtant à une distance respectueuse. "J'ai entendu parler de tes compétences en informatique. J'ai besoin de ton aide."

Le regard de Lily se plissa légèrement, évaluant la sincérité derrière les mots d'Alex. Elle avait appris à lire les intentions des gens à partir de signaux subtils—leur langage corporel, la cadence de leur voix, l'authenticité dans leurs yeux. Quelque chose dans l'attitude d'Alex résonnait en elle—un mélange de sérieux et de désespoir qui éveillait une curiosité réticente.

"Et qu'est-ce qui te fait penser que je t'aiderai ?" La voix de Lily était froide, ne trahissant aucune des pensées tumultueuses qui traversaient son esprit. Faire confiance à Alex signifiait risquer une nouvelle trahison, une nouvelle perte de contrôle sur son destin.

"Je sais que tu es ici pour une raison, Lily," répondit doucement Alex, son regard fixe et inébranlable. "Moi aussi. Ensemble, nous avons une chance de rectifier les choses."

Une lueur de vulnérabilité traversa le visage de Lily, imperceptible pour quiconque sauf pour Alex, qui avait affûté sa capacité à percevoir les émotions sous des extérieurs gardés. La perspective de rédemption, de retrouver une vie perturbée par des erreurs et des jugements, tiraillait quelque chose de profond en elle—un espoir fragile qu'elle avait enterré sous des couches de cynisme et de préservation de soi.

Elle hésita, pesant les mots d'Alex contre son instinct. Dans cet endroit où la vulnérabilité était un inconvénient et où les alliances étaient forgées avec prudence, elle se sentit attirée par le plaidoyer sincère d'Alex. Si quelqu'un comprenait le poids des accusations injustes et la quête incessante de la vérité, c'était lui.

« Très bien, » Lily acquiesça finalement, sa voix plus douce maintenant, teintée d'une résignation qui témoignait d'une confiance réticente. « Mais si ça tourne mal, tu le regretteras. »

Alex hocha la tête, reconnaissant l'avertissement implicite. « Je ne me permettrai jamais de trahir ta confiance, Lily. Parlons-en plus en détail quand nous serons de retour à l'intérieur. »

Alors que les gardiens commençaient à rassembler les détenus pour les ramener vers leurs cellules, Alex ressentit un sursaut d'optimisme prudent. Convaincre Lily de rejoindre leur cause n'était que le premier pas dans un plan plus vaste, chargé de risques—

un réseau complexe de stratégie et de timing qui mettrait

à l'épreuve leur résilience et leur ingéniosité.

Le parcours de Lily, de prodige numérique à hacker emprisonnée, avait commencé des années plus tôt, alimenté par un intellect agité et un désir de repousser les limites, qu'elles soient réelles ou virtuelles. Adolescente, elle s'était immergée dans le monde de la programmation et de la cybersécurité, sa curiosité éveillée par l'attrait d'une connaissance interdite et l'adrénaline d'infiltrer des systèmes censés être imprenables.

Ses parents, distants et préoccupés par leurs propres vies, avaient négligé les nuits tardives passées devant son écran d'ordinateur, où des lignes de code dansaient comme de la poésie numérique. C'était un monde où elle se sentait maître et en contrôle—une évasion face aux complexités de son existence banale.

Ses compétences avaient rapidement attiré l'attention de groupes de hackers underground, attirés par son aptitude naturelle et son audace. Elle avait navigué dans des labyrinthes virtuels et démantelé des pare-feux avec une précision qui trahissait sa jeunesse, gagnant la réputation d'un fantôme numérique qui ne laissait aucune trace de ses exploits.

Mais c'était un hack à enjeux élevés dans une base de données gouvernementale qui avait irrévocablement modifié la trajectoire de Lily. À vingt-deux ans, poussée par un mélange puissant d'ambition et de naïveté, elle avait infiltré un réseau labyrinthique de fichiers cryptés, déterminée à extraire des informations sensibles pour en tirer profit. Le frisson de déjouer les couches de protocoles de sécurité avait obscurci son jugement, la rendant aveugle aux conséquences de ses actes.

Le jour de son arrestation était gravé dans sa mémoire avec une clarté glaciale. Elle était chez elle, plongée dans une session de hacking marathon, quand un coup violent avait brisé le silence. La panique l'avait envahie alors qu'elle s'efforçait d'effacer ses empreintes numériques et de détruire les preuves compromettantes. Mais les agents du FBI qui avaient fait irruption étaient implacables, leurs armes dégainées et leurs voix autoritaires.

Menottée et forcée de quitter le sanctuaire de son foyer, Lily avait ressenti le froid du métal contre ses poignets—un rappel tangible de la fin brutale de ses escapades numériques. Le procès qui avait suivi avait été rapide et impitoyable, les preuves contre elle accablantes. Son absence de remords n'avait fait qu'alimenter le dossier de l'accusation, la peignant comme une renégate dangereuse qui représentait une menace pour la sécurité nationale.

Le marteau du juge était tombé avec une finale résonnante, condamnant Lily à cinq ans au pénitencier de Greywall—une sentence qu'elle avait acceptée avec une résignation stoïque. Derrière le masque d'indifférence qu'elle présentait à ses camarades détenus et au personnel pénitentiaire se cachait un torrent d'émotions—une colère contre sa propre imprudence, un regret pour les opportunités gaspillées, et un sentiment lancinant de trahison par un système de justice qui l'avait brandie comme une criminelle.

En prison, Lily avait forgé une existence solitaire, ses interactions se limitant à la périphérie de la vie carcérale. Elle restait à l'écart, cultivant une aura de détachement qui masquait les courants tumultueux en dessous. Sa cellule, située au deuxième étage de l'aile est, offrait une vue austère sur la cour intérieure de la prison—un rappel constant du monde au-delà de ses murs.

La cellule elle-même était un modèle de minimalisme spartiate—un lit étroit, un évier en acier inoxydable, et des toilettes qui résonnaient à chaque chasse. Des graffitis ornaient les murs, témoignage des habitants éphémères qui avaient laissé leur marque. Une petite fenêtre à barreaux permettait à un filet de lumière du jour de filtrer, projetant des motifs éphémères d'ombre et de lumière sur le sol froid en linoléum.

Pourtant, dans cet environnement austère, Lily trouvait du réconfort dans les moments solitaires de répit pendant le temps de la cour. Éloignée des confins étouffants de sa cellule, elle cherchait un endroit isolé près du lointain grillage—un sanctuaire où elle pouvait regarder les nuages passer et échapper un instant à la réalité suffocante de la vie en prison.

Ensuite, Alex chercha Ethan comme membre de l'équipe.

Ethan Reynolds était assis dans sa cellule au premier étage de l'aile ouest du pénitencier de Greywall, une silhouette solitaire au milieu du bruit monotone de la vie carcérale. Sa cellule, comme celles de ses camarades détenus, était un rappel sévère des contraintes qui définissaient désormais son existence—un lit étroit, un évier en acier inoxydable, et des toilettes qui résonnaient à chaque chasse. Mais contrairement à beaucoup, la cellule d'Ethan portait l'empreinte d'un ordre méticuleux, un reflet de sa nature disciplinée qui avait autrefois défini sa vie au-delà de ces murs.

Son parcours vers cette cellule avait commencé il y a plus d'une décennie, dans un royaume complètement différent—le monde discipliné du service militaire. Ethan s'était engagé directement après le lycée, poussé par un sens du devoir et un désir de faire la différence. Ses compétences exceptionnelles et son adhérence inébranlable aux principes l'avaient rapidement propulsé à travers les rangs, lui valant respect et responsabilités au sein de son unité.

Pendant des années, Ethan avait servi avec distinction, dirigeant des missions et commandant le respect de ses pairs. Il était connu non seulement pour son acuité tactique, mais aussi pour son intégrité—un engagement inébranlable envers la justice et l'honneur qui guidait chaque décision qu'il prenait sur le champ de bataille.

Cependant, c'est au cours d'une opération secrète à l'étranger qu'les convictions d'Ethan se sont heurtées de manière irréconciliable aux réalités troubles du commandement militaire. Son unité avait été déployée pour éliminer un groupe de suspects insurgés, une mission qui semblait routinière jusqu'à leur arrivée sur le site désigné. Là, au milieu du chaos et de la confusion du combat, Ethan découvrit la triste vérité : les cibles n'étaient pas des insurgés, mais des civils innocents, pris dans le feu croisé d'une opération clandestine motivée par la corruption et la cupidité.

Refusant de se plier à des ordres qui violaient sa boussole morale, Ethan confronta ses supérieurs, s'attendant à des comptes et à la justice. Au lieu de cela, il se retrouva catalogué comme un traître—un paria au sein des rangs qu'il avait autrefois considérés comme sa famille. Des preuves fabriquées et de faux témoignages ouvrirent la voie à une cour martiale rapide et impitoyable, culminant en une sentence qui brisa son monde : une décennie derrière les barreaux pour insubordination et fuite d'informations classifiées.

Le jour de son arrestation resta gravé dans sa mémoire, un flou de trahison et de désillusion. Dans les premières heures du matin, la police militaire avait envahi son domicile, l'arrachant à la vie qu'il avait connue. Le poids de son uniforme lui semblait plus lourd que jamais alors qu'il lui était arraché, remplacé par le métal froid des menottes qui liaient ses poignets. Des visages autrefois remplis de camaraderie portaient maintenant des expressions de déception et de colère— un douloureux rappel du prix qu'il avait payé pour avoir refusé de compromettre ses principes.

Pourtant, malgré l'injustice qui l'avait conduit à Greywall Penitentiary, Ethan refusait de succomber à l'amertume ou au désespoir. À l'intérieur des limites de sa cellule, il maintenait une routine rigoureuse— entraînement physique, pursuits intellectuelles et planification minutieuse qui gardaient son esprit acéré et son esprit résilient. Chaque jour était une bataille contre la monotonie suffocante de la vie en prison, une lutte incessante pour préserver son identité et son but face aux contraintes déshumanisantes de l'incarcération.

Alex Thompson observait Ethan depuis des semaines, reconnaissant en lui un esprit semblable—un homme de principes dont les compétences et la résilience étaient indispensables à leur audacieuse plan d'évasion. Depuis sa propre cellule dans l'aile Est, Alex avait cartographié d'éventuels alliés à l'intérieur des murs de la prison, cherchant des individus dont l'expertise et la détermination reflétaient les siennes.

Alex décida de parler à Ethan pendant le déjeuner.

La cafétéria de la prison était un espace bruyant et animé, rempli du cliquetis des plateaux et du bourdonnement des conversations. De longues tables communautaires occupaient la pièce, chacune boulonnée au sol pour éviter qu'elles ne soient utilisées comme armes. Les murs étaient d'un beige institutionnel terne, et les hautes fenêtres étaient couvertes de barreaux, laissant entrer seulement une lumière faible. Des gardes se tenaient à intervalles le long du périmètre, leurs yeux vigilants scrutant la pièce à la recherche de signes de trouble.

Lors d'un repas dans la cafétéria bondée, Alex aperçut Ethan assis seul, sa posture rigide, ses yeux parcourant la pièce avec une vigilance exercée. Alex prit une profonde inspiration et s'approcha, glissant sur le banc en face d'Ethan. Il savait que cette conversation serait cruciale.

"J'ai entendu dire que tu étais bon en combat," dit Alex, gardant sa voix basse pour éviter d'attirer l'attention.

Ethan leva les yeux de son plateau, son regard ferme et évaluant. "Et qui es-tu ?" demanda-t-il, son ton neutre.

"Alex Thompson," répondit Alex. "Je monte une équipe pour s'évader d'ici. J'ai besoin de quelqu'un avec tes compétences."

Ethan prit une bouchée de sa nourriture, mâchant pensivement en considérant les paroles d'Alex. Il avait entendu des rumeurs sur des tentatives d'évasion auparavant, toutes échouant. Mais quelque chose dans le comportement d'Alex, sa confiance, fit hésiter Ethan.

"Je cherche la justice depuis qu'ils m'ont mis ici," dit finalement Ethan, sa voix teintée d'un mélange d'amertume et de détermination. "Comptez sur moi."

Alex hocha la tête, un soulagement l'envahissant. "Bien. Nous aurons besoin de ton expertise militaire pour naviguer dans les défis physiques de l'évasion. Ce n'est pas juste une question d'échapper—c'est une question de remettre les choses en ordre."

Les yeux d'Ethan se durcirent de détermination. Rejoindre la mission d'Alex était une chance de défendre les valeurs auxquelles il croyait, une occasion de justice qui ne passait pas par des voies conventionnelles. Pour la première fois depuis son emprisonnement, il ressentit une lueur d'espoir.

Maya Rodriguez était une femme de mystère au sein des murs de la prison, sa présence aussi énigmatique que l'art qu'elle créait avec minutie. Avant d'entrer en prison, Maya menait une vie enveloppée dans les ombres du monde de l'art. Elle était renommée pour son talent exceptionnel en contrefaçon, capable de reproduire n'importe quel document ou œuvre d'art avec une précision étonnante. Son voyage dans les confines de la prison avait commencé par un cambriolage à haut risque qui avait mal tourné.

Des années avant son incarcération, Maya opérait aux limites de la légalité, recherchée pour sa capacité à créer des répliques parfaites d'œuvres d'art inestimables. C'était une profession lucrative mais dangereuse, souvent floue entre artiste et criminelle. Ses compétences avaient attiré l'attention d'un collectionneur riche qui lui avait commandé la contrefaçon d'une peinture rare, promettant une somme considérable en retour. Maya avait accepté le travail, confiante dans ses capacités à réussir.

Le jour du cambriolage devait être son triomphe. Elle avait préparé la contrefaçon avec soin, s'assurant que chaque coup de pinceau reflétait l'œuvre originale à la perfection. Pourtant, alors qu'elle plaçait la fausse peinture dans le coffre du collectionneur et empochait le paiement, elle avait été trahie. Le collectionneur avait averti les autorités, et Maya se retrouva entourée par la police avant de pouvoir s'échapper.

Le procès fut rapide et accablant. Les preuves contre elle étaient accablantes, et sa réputation de maîtresse contrefactrice la dépeignait comme une génie criminelle. Maya fut condamnée à une longue peine de prison, sa vie jadis libre maintenant confinée à la dure réalité des murs de la prison.

À l'intérieur de la prison, Maya s'adapta

rapidement. Elle utilisa ses talents artistiques pour créer des fresques et des peintures qui embellissaient les lieux autrement ternes. Dans l'atelier, Maya trouva du réconfort dans son art, où elle pouvait momentanément échapper aux contraintes de sa cellule et au poids de son passé. Ses peintures devenaient une forme d'expression, un silent protest contre l'injustice qui l'avait conduite ici.

Alex Thompson, dans sa quête pour rassembler une équipe capable d'exécuter un plan d'évasion audacieux, avait observé Maya de loin. Il avait remarqué son attention minutieuse aux détails et le soin avec lequel elle manœuvrait ses pinceaux. La réputation de Maya la précédait—elle était connue non seulement pour son art mais aussi pour son ingéniosité à acquérir des matériaux pour ses créations.

Un jour, alors que Maya peignait avec soin une fresque représentant un paysage serein, Alex s'approcha d'elle prudemment. Il comprenait la nature délicate de leur conversation, sachant que Maya était méfiante envers les étrangers et leurs intentions.

"Maya, j'ai besoin de ton aide," commença Alex, sa voix calme mais sincère.

Maya s'arrêta, son pinceau flottant au-dessus du mur alors qu'elle se retournait pour lui faire face. Ses yeux sombres le scrutaient, évaluant son intention avec l'examen averti de quelqu'un qui avait appris à faire confiance uniquement à son instinct. "Et pourquoi voudrais-je t'aider ?" demanda-t-elle, son ton méfiant mais non désinvolte.

"Parce que je sais ce que c'est d'être faussement

accusé," répondit Alex, soutenant son regard sans fléchir. "Ensemble, nous pouvons laver nos noms, trouver la justice."

Maya réfléchit soigneusement à ses mots. Elle avait vu d'innombrables projets et promesses s'effondrer entre ces murs, mais quelque chose dans l'attitude d'Alex résonnait en elle. Il parlait de rédemption, d'une chance de réécrire leur destin. Lentement, elle posa son pinceau, la tension dans ses épaules s'apaisant légèrement.

"D'accord, Alex," dit Maya, sa voix douce mais résolue. "Mais cela doit en valoir le risque."

Alex hocha la tête, un poids se levant de sa poitrine. "Ça le sera. Tes compétences en contrefaçon et en art sont cruciales pour notre plan. Avec ton talent, nous pouvons créer les diversions dont nous avons besoin, contrefaire les documents pour rendre cette évasion possible."

Un petit sourire se dessina sur les lèvres de Maya, un rare signe de chaleur au milieu de la froide réalité de la prison. "Alors, mettons-nous au travail," dit-elle, sa voix portant une nuance de détermination qui égalait celle d'Alex.

Dans un coin tranquille de la cour de la prison, à l'abri des regards curieux des gardes, l'équipe se rassembla pour la première fois sous la faible lueur d'une lumière vacillante. Alex déplia les plans sur le sol craquelé, les contours projetant de longues ombres dans la pénombre.

"Nous ne faisons pas que nous évader," commença Alex, sa voix chargée de détermination.

"Nous reprenons nos vies. Lily, tes compétences en hacking seront notre clé pour franchir les barrières numériques. Ethan, ta formation militaire nous aidera à naviguer à travers les défis physiques. Et Maya, ton expertise en contrefaçon sera cruciale pour élaborer les documents dont nous avons besoin."

Lily hocha la tête, ses doigts tambourinant légèrement sur son genou comme si elle traçait mentalement des chemins à travers des réseaux invisibles. "Je suis prête," affirma-t-elle, sa voix stable avec détermination.

Ethan, sa posture rigide par la discipline inculquée par son entraînement militaire, hocha la tête en accord. "Terminons cela," dit-il, sa voix basse mais ferme.

Maya observa le groupe avec une expression impassible, ses pensées cachées derrière un masque de calme composure. "Je suppose que je n'ai rien à perdre," observa-t-elle finalement, son ton suggérant à la fois de la prudence et de la préparation. "Faisons cela."

Alors qu'ils se plongeaient dans la planification, chaque membre de l'équipe partageait son histoire, révélant des aperçus de leurs vies avant l'incarcération. Lily racontait ses jours en tant que hacker talentueuse, attirée dans un monde de défis virtuels et d'exploits clandestins. Ethan parlait de son service militaire, marqué par l'honneur et une décision fatidique qui l'avait conduit à son emprisonnement. Maya, avec des mots mesurés, détaillait son passé dans le domaine obscur de la contrefaçon d'art, où talent et risque s'entremêlaient à chaque coup de pinceau.

Leurs histoires tissaient ensemble des fils de résilience et de défi, formant des liens de détermination partagée au milieu des dures contraintes de la prison. Ils élaboraient leur stratégie à voix basse, traçant des itinéraires d'évasion et des plans de contingence, conscients des yeux toujours vigilants des gardes.

"Nous devrons éviter la surveillance," souligna Ethan, son regard parcourant le périmètre. "Le timing sera crucial."

Lily hocha la tête, disséquant déjà mentalement les protocoles de sécurité numériques de la prison. "Je peux accéder aux caméras de sécurité, créer des angles morts," suggéra-t-elle, sa voix empreinte de la confiance de l'expertise.

Maya intervint, son ton réfléchi. "Et je peux

contrefaire les documents nécessaires—cartes d'identité, passes—qui nous permettront de passer les contrôles inaperçus," ajouta-t-elle, ses doigts traçant des lignes imaginaires de signatures complexes.

Alex écoutait, absorbant leurs idées et contributions avec une intensité silencieuse. "Nous avancerons sous le couvert des inspections de routine," proposa-t-il, esquissant un plan qui exploitait les rythmes prévisibles de la vie en prison à leur avantage. "Calmement, méthodiquement—chaque étape nous rapprochant de la liberté."

Chapitre 3

Connexions internes

Dans la prison de haute sécurité, Alex Thompson était assis sur son lit, plongé dans ses pensées alors qu'il réfléchissait aux défis logistiques à venir. Chaque membre de son équipe—Lily Harper, Ethan Reynolds et Maya Rodriguez—était logé dans différentes parties de la prison, isolés les uns des autres par le complexe agencement conçu pour empêcher la communication et la coordination entre les détenus.

Alex avait mémorisé avec soin les plans de la prison, sachant que la distance entre leurs cellules représentait un défi important. Cependant, il avait un plan. Pendant leur temps de sortie dans la cour, Alex comptait transmettre subtilement un moyen de communication à chaque membre de l'équipe. Il avait élaboré un système utilisant des gestes innocents et des routines qui ne susciteraient pas de soupçons chez les gardiens mais transmettraient des informations cruciales entre eux.

Lily Harper était assise dans un coin de la bibliothèque de la prison, son poste de travail désigné équipé d'un modeste ordinateur de bureau. La bibliothèque, un sanctuaire tranquille au milieu du chaos contrôlé de la prison, abritait des rangées d'étagères de livres et plusieurs terminaux informatiques réservés à des fins éducatives.

Sous l'œil attentif de Mme Ramirez, la bibliothécaire de la prison et instructrice professionnelle,

Lily naviguait à travers un programme de formation professionnelle structuré. Mme Ramirez, une présence sévère mais juste, veillait à ce que chaque détenu respecte les directives strictes régissant l'utilisation des ordinateurs dans l'établissement.

L'ordinateur lui-même était un modèle standard, dépouillé de toute connectivité Internet externe et restreint à un intranet local géré par le département informatique de la prison. Cette configuration permettait aux détenus comme Lily de suivre des cours de base sur l'informatique, apprenant des compétences essentielles telles que le traitement de texte, la gestion des tableurs et la navigation dans des logiciels éducatifs pertinents pour leurs parcours professionnels.

La séance de formation de Lily faisait partie d'une

initiative plus large visant à équiper les détenus de compétences pratiques qui pourraient faciliter leur réinsertion dans la société à leur libération. Alors qu'elle tapait sur le clavier, Mme Ramirez se penchait parfois pour fournir des conseils sur le formatage des documents ou pour résoudre des problèmes de logiciels.

La pièce était remplie du doux bourdonnement des ordinateurs et du bruissement occasionnel des pages tandis que d'autres détenus parcouraient la collection de la bibliothèque. Malgré les contraintes de leur environnement, la bibliothèque offrait une semblance de normalité—un endroit où l'apprentissage et la croissance personnelle pouvaient encore fleurir au milieu de la dure réalité de l'incarcération.

Dans l'ambiance tamisée de la bibliothèque, Alex

Thompson s'approcha prudemment de Lily Harper, veillant à ce que ses mouvements n'attirent pas l'attention des gardiens vigilants. Lily, absorbée par sa formation professionnelle à son terminal, leva brièvement les yeux alors qu'Alex prenait silencieusement le siège à côté d'elle.

Dans les coins tranquilles de la bibliothèque, Lily et Alex échangèrent des stratégies sur la façon de tirer parti du système de demande de livres pour leurs communications secrètes. "Lily," chuchota Alex, sa voix à peine audible au milieu du bourdonnement de l'équipement de la bibliothèque. "Explique comment nous pouvons utiliser le système de demande de livres." Lily acquiesça, ses doigts planant au-dessus du clavier alors qu'elle expliquait : "J'ai découvert un moyen de manipuler le système de demande de livres. Quand Maya ou Ethan soumettent une demande pour un titre de livre spécifique, je peux intercepter et modifier la demande pour encoder des messages. Chaque titre de livre correspondra à un message ou une instruction spécifique."

Les yeux d'Alex s'illuminèrent de compréhension. "Donc, Maya pourrait demander 'L'Art de l'Évasion', et cela pourrait signifier qu'il est temps de préparer une distraction."

Lily hocha la tête en signe d'accord. "Exactement. Ethan pourrait demander 'Le Chemin à Suivre', signalant qu'il est prêt à aller de l'avant avec notre plan."

Alex sourit, impressionné par l'ingéniosité de Lily. "C'est risqué, mais ça pourrait marcher. Synchronisons nos codes et assurons-nous que Maya et Ethan comprennent le système."

Avec un signe de détermination, ils se mirent au travail, affinant leur plan pour utiliser des titres de livres innocents comme clé pour déverrouiller leur chemin vers la liberté dans les limites de la prison de haute sécurité.

Leur conversation, enveloppée dans la tranquillité de la bibliothèque et les sons routiniers de la frappe et du tournage de pages, portait le poids de leur mission commune—coordonner leurs efforts secrètement dans l'environnement strictement contrôlé de la prison. Chaque mot échangé entre Alex et Lily forgeait un lien crucial dans leur stratégie, soulignant l'importance de la confiance et de la planification stratégique alors qu'ils naviguaient dans les défis labyrinthiques de leur détention.

Alors qu'Alex jetait un coup d'œil autour de lui, évaluant la proximité de la bibliothécaire et l'activité des autres détenus dans la bibliothèque, il réaffirma leur besoin de prudence. Lily, habile à manœuvrer dans les domaines numériques, offrait un conduit vital pour leurs messages—une bouée de sauvetage au milieu des contraintes de leur captivité partagée, où chaque plan chuchoté et message codé portait la promesse d'une libération éventuelle.

Dehors de la bibliothèque, Lily et Alex faisaient face à la tâche décourageante de communiquer avec Maya et Ethan sans alerter les autorités pénitentiaires ou les autres détenus sur leurs plans. Chaque étape en dehors de la bibliothèque nécessitait une coordination et une subtilité minutieuses pour éviter les soupçons.

Dehors de la bibliothèque, Alex et Lily maintenaient une distance délibérée l'un de l'autre pendant les activités régulières pour éviter d'éveiller des soupçons. Pendant le temps dans la cour, ils se positionnaient subtilement à l'écart, interagissant avec différents groupes de détenus tout en gardant un œil sur Maya et Ethan. Dans la cafétéria, ils s'asseyaient à des tables séparées mais à portée de vue l'un de l'autre, échappant de brefs hochements de tête et des regards furtifs qui masquaient leur communication stratégique. Cette distance intentionnelle contribuait à maintenir l'apparence de normalité tout en coordonnant secrètement leurs plans avec Maya et Ethan à travers les messages codés dans le système de demande de livres.

Par un coup de chance, les quatre d'entre eux se retrouvèrent assignés à une rare tâche de travail collectif dans l'atelier de la prison, à l'écart de la surveillance habituelle et sous le regard attentif mais moins vigilant des gardiens. Alex, Lily, Maya et Ethan échangèrent des regards complices alors qu'ils saisissaient cette opportunité inattendue pour discuter de leurs plans d'évasion.

L'atelier bourdonnait d'activité, le bruit des outils et des machines fournissant une certaine couverture à leur conversation. Lily, toujours la stratège, prit les devants, sa voix basse mais claire alors qu'elle exposait leur méthode de communication via le système de demande de livres.

« Maya, Ethan, » commença-t-elle, attirant leur attention par un regard discret. « Alex et moi avons trouvé un moyen de communiquer discrètement. »

Maya leva un sourcil, sa curiosité piquée. « Comment ? » demanda-t-elle, sa voix prudente mais avide de solutions.

Lily fit un signe de tête vers Alex, qui était assis à ses côtés, avant de continuer. « Nous allons utiliser le système de demande de livres dans la bibliothèque. Lorsque vous soumettez une demande pour un titre de livre spécifique, je l'intercepterai et la modifierai pour transmettre des messages en utilisant des titres codés. »

Alex intervint, renforçant l'explication de Lily. « Par exemple, » ajouta-t-il, « si vous demandez 'L'Art du Camouflage', cela pourrait signifier que nous devons nous fondre dans la masse lors d'une inspection de routine. Ou 'Un Endroit Tranquille' pourrait signaler un besoin de silence pendant un moment critique. »

Ethan hocha la tête pensivement, son regard se déplaçant entre Alex et Lily. « Comment faisons-nous pour nous assurer que cela reste discret ? » demanda-t-il, faisant écho à l'inquiétude précédente de Maya.

Lily répondit avec un sourire rassurant, sa confiance inébranlable. « Je l'ai testé discrètement. Le système est conçu pour gérer des demandes automatisées sans attirer l'attention, tant que nous gardons nos messages brefs et que nous les intégrons dans les opérations normales de la bibliothèque. »

Maya, visiblement impressionnée par leur ingéniosité, hocha la tête en signe d'accord. « C'est risqué, mais cela pourrait fonctionner, » reconnaissant la nécessité de leur plan de communication clandestin dans leur quête de liberté.

Le lendemain, lors du créneau horaire prévu pour l'utilisation de la bibliothèque, Alex, Lily, Maya et Ethan se trouvèrent dans le calme des lieux, chacun absorbé dans ses tâches respectives tout en observant discrètement les mouvements des gardiens. C'était une convergence rare, une opportunité qu'ils savaient devoir saisir pour faire avancer leurs plans d'évasion.

Alex, assis à un terminal près de l'arrière de la bibliothèque, se connecta soigneusement au système de demande de livres. Avec une efficacité entraînée, il sélectionna le titre « Plans de Liberté » et soumit la demande. Ce titre, convenu au préalable, servait de signal codé pour initier une discussion sur le plan d'évasion détaillé—spécifiquement, le plan et les routes d'évasion potentielles, pouvant impliquer des tunnels ou des chemins stratégiques hors de la prison.

Alors qu'Alex confirmait la demande, son cœur battait la chamade sous le poids de leurs ambitions partagées et des risques qu'ils encouraient. Il jeta un coup d'œil à Lily, Maya et Ethan, qui étaient stratégiquement positionnés à proximité, chacun maintenant une apparence extérieure de normalité tout en étant attentifs au plan en cours.

Lily, observant attentivement les actions d'Alex, intercepta la demande sur son propre terminal. Reconnaissant l'importance de « Plans de Liberté », elle formula rapidement un plan pour rassembler le groupe sans attirer d'attention indue. D'un signe discret à Maya et Ethan, elle leur fit signe de la rejoindre, elle et Alex, dans une section désignée de la bibliothèque où ils pouvaient se concerter discrètement.

Alors qu'ils sortaient tranquillement des livres des étagères dans la bibliothèque faiblement éclairée, Alex déplia soigneusement le plan usé sur la table. Son front se plissa légèrement alors qu'il traçait les lignes avec son doigt, esquissant leur route d'évasion.

« D'accord, » commença Alex, sa voix basse mais déterminée, « selon les plans, il y a un tunnel abandonné sous l'établissement. C'est notre sortie d'ici. Mais, » il leva les yeux vers les autres rassemblés autour, « il y a deux façons d'y accéder. »

Alex commença à exposer leurs choix : « D'abord, nous pouvons tenter de contourner les systèmes de sécurité. Le plan indique où se trouvent les commandes principales. Ce ne sera pas facile, mais c'est possible avec les bons outils et le bon timing. »

« En revanche, » continua-t-il en pointant une autre section du plan, « nous pourrions creuser un tunnel depuis notre cellule pour nous connecter au tunnel abandonné en dessous. Cela prendra du temps et des efforts, mais cela pourrait être moins risqué que de faire face à la sécurité de front. »

Maya hocha la tête pensivement, son esprit s'attelant déjà à la logistique de chaque plan. Ethan s'approcha, son expression sérieuse alors qu'il pesait les options. Ils savaient que leur fenêtre d'opportunité était étroite, et chaque décision comptait.

Lily jeta un coup d'œil autour de la bibliothèque, s'assurant qu'ils n'avaient pas attiré d'attention indésirable. Satisfaite qu'ils soient encore inaperçus, elle se tourna à nouveau vers le groupe. « Prenons une décision rapidement. Le temps n'est pas de notre côté. »

Après avoir délibéré sur le plan dans un coin isolé de la bibliothèque, le groupe décida de sa marche à suivre. Ethan, s'appuyant sur son expérience militaire, prit en charge l'acquisition des outils nécessaires et l'élaboration d'une approche stratégique tant pour contourner les systèmes de sécurité que pour préparer l'excavation du tunnel.

Il évalua rapidement les risques et les opportunités présentés par chaque option, mettant à profit sa formation en planification tactique et en gestion des ressources. Ethan comprenait l'importance du timing et de la précision, des éléments essentiels de son expérience militaire qui pouvaient faire ou défaire leur évasion.

Alex et Lily apportèrent un soutien critique, coordonnant avec Ethan pour rassembler des renseignements et finaliser la logistique. Alex se procurait des outils et des équipements spécifiques par des canaux discrets, utilisant sa connaissance du fonctionnement interne de l'établissement. Lily, douée en communication et en cryptographie, veilla à ce que leurs plans restent confidentiels, utilisant ses compétences pour mettre en place des canaux sécurisés pour des messages cryptés parmi le groupe.

Maya, quant à elle, aida Ethan à préparer leur cellule pour l'excavation du tunnel. Sous la direction d'Ethan, elle traça minutieusement le point de départ et la route pour se connecter au tunnel abandonné. Ethan utilisa son expertise militaire pour concevoir un plan permettant de creuser silencieusement et efficacement, en s'appuyant sur des outils et techniques improvisés qui minimisaient le risque de détection.

Après leur discussion détaillée dans la bibliothèque, le groupe finalisa ses rôles et responsabilités pour leur plan d'évasion. Alex, avec son talent pour rassembler des informations, prit en charge l'exploration des points faibles et des vulnérabilités de la prison. Utilisant son charme et sa capacité à se fondre dans la masse, il s'approcha discrètement d'autres détenus et même de certains membres du personnel qui pourraient, sans le vouloir, révéler des détails cruciaux sur la configuration de la sécurité de l'établissement.

Pendant ce temps, Lily, connue pour ses compétences d'observation aiguës, assuma le rôle de surveiller les gardiens et les systèmes de surveillance.

Elle suivait méticuleusement les itinéraires de patrouille, les changements de quart et les angles morts dans la couverture de sécurité de l'établissement. Lily gardait également un œil attentif sur tout développement pouvant compromettre leur évasion, comme des inspections inattendues ou des mesures de sécurité renforcées.

Maya, s'appuyant sur son ingéniosité et son souci du détail, se concentrait sur la collecte d'informations précises sur la profondeur et la faisabilité du creusement de tunnels depuis chaque cellule. Elle étudia la configuration de l'établissement, identifiant les points de départ optimaux et les obstacles potentiels qui pourraient affecter leurs efforts de tunneling. Maya mesurait méticuleusement les distances et évaluait l'intégrité structurelle des murs de la prison, s'assurant que leur route d'évasion restait viable et non détectée.

Ethan, utilisant son expérience militaire et sa pensée stratégique, se consacra à analyser comment les systèmes de sécurité pouvaient être contournés. Il étudia le plan des défenses électroniques et physiques de l'établissement, identifiant les faiblesses qui pourraient être exploitées. Ethan réfléchit également à des plans de secours et à des itinéraires alternatifs au cas où leur stratégie principale rencontrerait des obstacles inattendus.

Alors qu'ils se dispersaient pour exécuter leurs tâches respectives, le groupe maintenait une communication discrète grâce à des messages codés et des canaux sécurisés mis en place par Lily. Chaque membre comprenait le rôle crucial qu'il jouait dans le succès de leur plan d'évasion, comptant sur leurs compétences et leurs parcours uniques pour surmonter les défis à venir.

Les jours se transformèrent en nuits alors qu'ils rassemblaient méticuleusement des informations et se préparaient à leur audacieuse évasion. À chaque instant qui passait, leur détermination se renforçait, alimentée par la volonté partagée de reprendre leur liberté à l'intérieur des murs de leur prison.

Pendant les jours suivants, ils veillèrent délibérément à garder leurs interactions au minimum pour éviter de susciter des soupçons. Alex, Lily, Maya et Ethan se concentrèrent intensément sur leurs tâches assignées, travaillant assidûment dans leurs cellules ou explorant discrètement l'établissement seul.

Alex passait des heures à s'attirer les faveurs des détenus et à sonder subtilement les gardiens pour obtenir des informations sur les vulnérabilités de la prison. Il gardait une attitude décontractée, se fondant harmonieusement dans les routines quotidiennes tout en recueillant discrètement des renseignements précieux qui pourraient aider leur évasion.

Lily surveillait méticuleusement les mouvements des gardes et les systèmes de surveillance, notant les schémas et les éventuels angles morts. Elle prenait des notes mentales sur tout changement dans la routine ou les protocoles de sécurité, s'assurant d'être toujours un pas en avance pour anticiper les défis qui pourraient survenir.

Maya, déterminée et méthodique, consacrait son

temps à étudier la disposition structurelle de la prison. Munie d'outils de mesure improvisés et d'un œil attentif aux détails, elle rassemblait des données sur la profondeur nécessaire pour creuser depuis chaque cellule jusqu'au passage souterrain abandonné. Maya documentait minutieusement ses découvertes, affinant ses calculs à chaque nouvelle information.

Ethan, avec son état d'esprit militaire et son acumen stratégique, s'immergait dans l'analyse des systèmes de sécurité. Il examinait le plan et toute information supplémentaire recueillie, élaborant des scénarios de violations potentielles et des plans de secours pour contourner les barrières électroniques et physiques qui se dressaient entre eux et la liberté.

Tout au long de cette période, ils maintenaient

une distance prudente les uns des autres dans les espaces publics, échangeant seulement de brefs hochements de tête ou des regards furtifs pour exprimer leur solidarité sans éveiller les soupçons. Leur objectif commun les unissait silencieusement, chacun faisant confiance à la compétence et au dévouement des autres à leurs rôles.

Alors qu'ils travaillaient sans relâche vers leur objectif commun, la tension au sein des murs de la prison semblait s'intensifier. Pourtant, malgré les défis et le poids de l'incertitude, leurs efforts individuels se sont unis en un plan cohérent, les rapprochant progressivement du moment décisif où leur évasion soigneusement orchestrée se déroulerait.

Dans le coin faiblement éclairé de sa cellule, Alex se pencha en avant alors que les détenus chuchotaient conspirativement.

Détenu 1 : « J'ai entendu parler de ces vieux tunnels de maintenance. Ils seraient censés courir sous tout le complexe. »

Alex : « Des tunnels de maintenance ? Comment y accède-t-on ? »

Détenu 2 : « Eh bien, j'ai entendu dire qu'il y avait une trappe près de l'aile est. Elle est censée être déverrouillée pendant certaines heures de maintenance. »

Alex : « Et la sécurité ? C'est strict là-bas ? »

Détenu 1 : « Pas aussi sévère qu'ici. Moins de caméras, moins de patrouilles. Mais il faut être rapide. »

Alex hocha la tête, traçant mentalement les points

d'entrée potentiels et les vulnérabilités de sécurité.

Pendant ce temps, Lily observait méticuleusement les routines des gardes et les schémas de surveillance depuis son point de vue. Lily (pour elle-même, notant les horaires et les itinéraires) : « Le garde A effectue ses rondes toutes les 15 minutes. La caméra 5 a un angle mort près du mur ouest de 2 à 3 heures du matin. »

Elle griffonna des notes dans son journal dissimulé, s'assurant d'avoir chaque détail documenté pour référence future.

Dans sa cellule, Maya était assise avec un crayon et une règle, mesurant des distances et calculant la profondeur nécessaire pour creuser depuis chaque cellule afin de se connecter aux tunnels de maintenance abandonnés.

Maya (murmurant pour elle-même) : « La cellule 12 à l'entrée du tunnel la plus proche est d'environ 30 mètres. Cela signifie que nous devrons creuser d'au moins 4 mètres pour y parvenir. Il faut prendre en compte le type de sol et la stabilité... »

Elle ajusta ses calculs, affinant le plan qu'elle avait esquissé plus tôt avec des mesures précises.

En même temps, Ethan examinait méticuleusement le plan de sécurité, son esprit parcourant les scénarios de violation possibles. Ethan (traçant un itinéraire sur le plan) : « Si nous désactivons le système d'alarme ici et que nous coupons temporairement l'alimentation de cette section... »

Il griffonna des formules et des diagrammes,

combinant ses connaissances tactiques avec les spécificités recueillies auprès d'Alex, Lily et Maya.

Chapitre 4

L'infiltration commence

À l'intérieur de la prison de haute sécurité, un labyrinthe de béton et d'acier, Alex, Lily, Maya et Ethan étaient confinés dans des cellules séparées, isolés par l'architecture redoutable de la prison conçue pour empêcher toute forme de communication ou de coordination entre les détenus. Chacun d'eux était assis seul, contemplant le plan d'évasion audacieux qui les attendait, leurs pensées accaparées par les détails complexes et les risques auxquels ils faisaient face.

Cellule d'Alex :

Alex était assis au bord de son lit, son regard fixé sur la fenêtre barrée qui offrait un aperçu étroit du monde extérieur. Les murs semblaient se refermer autour de lui, mais son esprit était concentré sur le plan que Maya avait soigneusement dessiné, détaillant les profondeurs et les itinéraires nécessaires pour creuser des tunnels depuis leurs cellules jusqu'à un passage de maintenance abandonné sous la prison.

« Ce soir, » murmura-t-il pour lui-même, les mots étant un mantra silencieux de détermination. « Ce soir, nous commençons. »

Il traça un doigt sur le plan, imaginant le chemin vers la liberté qu'ils s'apprêtaient à creuser sous les yeux vigilants des gardiens. Chaque trait de crayon de Maya avait tracé une ligne de vie—un itinéraire promettant la libération s'ils pouvaient seulement franchir la forteresse de terre et de pierre qui les tenait captifs.

Cellule de Lily :

Dans une autre aile de la prison, Lily était assise en tailleur sur son lit, une petite lampe de poche illuminant la carte improvisée étalée devant elle. Son esprit s'emballait avec des calculs et des contingences, sa main bougeant avec détermination alors qu'elle marquait les points stratégiques où leurs tunnels commenceraient.

« Nous commencerons par les pioches, » murmura-t-elle doucement, sa voix à peine audible dans le silence oppressant de sa cellule. « Silencieux et précis. »

Lily connaissait les risques—ils les connaissaient tous. Mais l'urgence de leur situation la poussait à avancer, alimentant sa détermination à réussir là où d'autres avaient échoué. Les tunnels seraient leur ligne de vie, leur chemin vers la liberté forgé dans l'obscurité sous la surface impitoyable de la prison.

Cellule de Maya :

Maya était assise, le dos contre le mur froid en pierre, un crayon usé à la main alors qu'elle recalculait méticuleusement les mesures des tunnels. Ses yeux étaient rivés sur le plan étalé devant elle, les lignes et les chiffres gravés sur le papier témoignant de son habileté et de sa détermination.

« Nous devons creuser au moins trois mètres de profondeur, » murmura-t-elle, sa voix teintée d'une pointe d'urgence. « Et s'orienter vers le tunnel de maintenance. C'est notre meilleure chance. »

Maya avait étudié l'intégrité structurelle des murs

de la prison, identifiant les points faibles et les obstacles potentiels qui pourraient compromettre leur évasion. Ses calculs étaient précis, reflétant son engagement indéfectible envers leur cause commune.

Cellule d'Ethan :

De l'autre côté du complexe pénitentiaire, Ethan se tenait près de la fenêtre étroite de sa cellule, son regard fixé sur l'horizon lointain. Son esprit était un tourbillon de planification tactique et de manœuvres stratégiques, son entraînement militaire guidant chaque décision qu'il prenait.

« Nous allons creuser par équipes, » murmura-t-il pour lui-même, sa voix un faible murmure dans le bruit des pas résonnants dans le couloir extérieur. « Silencieux et efficace. Pas de place pour l'erreur. »

Ethan savait l'importance de la précision—leur évasion en dépendait. Il avait évalué les outils dont ils auraient besoin, le moment de leur excavation, et les risques potentiels qu'ils pourraient rencontrer. Sa détermination brillait intensément, un phare d'espoir au milieu des ombres de leur confinement.

Alors que l'heure du déjeuner approchait, les quatre conspirateurs naviguaient dans les couloirs animés de la prison avec une aisance pratiquée, leurs mouvements calculés pour éviter tout soupçon alors qu'ils convergeaient vers la cafétéria—une vaste salle remplie de rangées de tables et de bancs où les détenus se rassemblaient sous les yeux vigilants des gardes en uniforme.

Alex, Lily, Maya et Ethan échangèrent des

regards furtifs, une assurance silencieuse de leur détermination commune. Ils se rassemblèrent à une table dans un coin isolé, leurs voix baissées alors qu'ils discutaient des détails de leur plan audacieux.

« Nous commençons ce soir, » annonça Alex, son ton calme malgré la gravité de leur situation. « Maya, tes calculs seront notre guide. Lily, tu créeras la distraction pendant le déjeuner. Ethan et moi nous occuperons de rassembler les outils dont nous avons besoin dans la salle de fourniture. »

Lily hocha la tête en signe d'accord, ses yeux scintillant de détermination. « Je vais attirer l'attention loin de la salle de fourniture, » répondit-elle doucement, sa voix à peine plus forte qu'un murmure. « Cela vous donnera à tous les deux une fenêtre pour rassembler ce dont nous avons besoin. »

Ethan croisa son regard avec un hochement de tête d'acquiescement, sa mâchoire serrée de détermination. « Nous agirons rapidement, » affirma-t-il, sa voix teintée d'urgence. « Pas d'erreurs. »

L'expression de Maya était celle d'une résolution concentrée alors qu'elle examinait le plan une dernière fois, engageant les subtilités de leur chemin d'évasion dans sa mémoire. « Nous creusons ce soir, » déclara-t-elle fermement, sa voix une déclaration silencieuse de leur détermination collective. « Ensemble. »

Et ainsi, alors que les murs de la prison se dressaient autour d'eux et que les gardes maintenaient leur vigilance, Alex, Lily, Maya et Ethan forgèrent un pacte de solidarité—un lien qui transcendaient les limites de leurs cellules et les unissait dans une quête audacieuse de liberté.

Ce soir-là, sous le couvert de l'obscurité et la veille silencieuse des étoiles, ils entreprendraient leur voyage—un coup de pioche à la fois, traçant un chemin vers la libération au cœur de leur prison à haute sécurité.

Dans le coin isolé de la cafétéria, Maya étala le plan sur la table, son doigt traçant les lignes complexes qui traçaient leur chemin d'évasion. Elle jeta un coup d'œil autour d'elle avec prudence, s'assurant que leur conversation restait discrète au milieu de l'agitation de l'heure du déjeuner.

« D'accord, » commença Maya, sa voix basse mais résolue. « Voici ce que j'ai calculé en fonction de la configuration de la prison. »

Elle pointa des points spécifiques sur le plan, expliquant chaque détail avec précision, perfectionnée après des heures d'analyse méticuleuse.

« Nous commencerons à creuser depuis nos cellules, » poursuivit Maya, son regard se déplaçant entre Alex, Lily et Ethan. « Chaque tunnel doit être d'au moins trois mètres de profondeur pour éviter la détection et s'orienter vers le tunnel de maintenance ici. »

Ses mots furent accueillis par des hochements de tête de compréhension de la part du groupe. Ils absorbaient ses instructions, engageant chaque détail dans leur mémoire alors qu'ils se préparaient pour la nuit à venir.

« Nous devons être prudents, » avertit Maya, son ton grave du poids de leur entreprise. « Les murs sont renforcés, mais il y a des points plus faibles près des conduits de ventilation et des accès à la plomberie. C'est là que nous concentrerons nos efforts. »

Son regard croisa le leur, une supplication silencieuse pour l'unité et la détermination face à l'adversité. Maya avait investi son expertise dans les calculs, leur offrant un chemin vers la liberté forgé par la connaissance et la planification méticuleuse.

Pendant ce temps, à travers la cafétéria animée, Lily se déplaçait avec grâce, sa présence étant une danse subtile de distraction conçue pour détourner l'attention de la salle de fourniture où Alex et Ethan rassembleraient les outils nécessaires à leur excavation.

Elle engagea une conversation décontractée avec d'autres détenus, son rire résonnant au milieu du bruit des plateaux et du murmure des voix. Les yeux de Lily scrutaient constamment la pièce, notant les positions des gardes et les obstacles potentiels qui pourraient entraver leur plan.

Alors qu'elle s'approchait de l'entrée de la salle de fourniture, Lily augmenta subtilement son rythme, son cœur battant à tout rompre avec l'adrénaline de l'anticipation. Elle savait l'importance du timing—les secondes pouvaient faire la différence entre le succès et la découverte.

Lily jeta un rapide coup d'œil par-dessus son épaule pour s'assurer que l'attention des gardes restait fixée sur elle. Elle atteignit la porte de la salle des fournitures et s'appuya décontractée contre le mur à côté, feignant de s'intéresser à un tableau d'affichage tout en signalant discrètement à Alex et Ethan.

"C'est votre chance," murmura Lily à voix basse, à peine audible au milieu du bruit ambiant de la cafétéria. "Allez."

Répondant au signal de Lily, Alex et Ethan se déplacèrent avec une précision silencieuse, leurs pas étouffés sur le sol en linoléum alors qu'ils s'introduisaient dans la salle des fournitures sans être remarqués.

À l'intérieur, des étagères remplies d'outils et de fournitures les attendaient, un véritable trésor de ressources pour les aider dans leur évasion. Alex localisa immédiatement les pioches et les pelles dont ils auraient besoin, ses mains s'affairant rapidement à rassembler le matériel essentiel tandis qu'Ethan montait la garde à la porte.

"Prends aussi les gants renforcés," chuchota Ethan, sa voix à peine audible alors qu'il scrutait la pièce à la recherche de signes de gardes approchant. "Et les lampes frontales."

Avec une efficacité bien rodée, ils remplirent leurs bras avec l'équipement nécessaire, veillant à ne pas faire de bruit qui trahirait leur présence. Alex jeta un coup d'œil à Ethan, un signe silencieux de leur progression jusqu'à présent, avant de revenir vers la cafétéria.

Après avoir sécurisé les outils et les fournitures sous leurs vêtements, Alex et Ethan retournèrent rapidement à leurs cellules respectives. Se déplaçant avec une efficacité acquise par la pratique, ils naviguèrent dans les couloirs et évitèrent les gardes en attente avec un timing et une discrétion précautionneux.

Arrivant à leurs cellules, Alex et Ethan glissèrent discrètement à l'intérieur. Ils ne perdirent pas de temps à récupérer les outils cachés dans leurs vêtements et à les distribuer à chaque membre de l'équipe. Maya, Lily et Ethan les attendaient, leurs lits déjà préparés pour dissimuler les fournitures sous les matelas et dans les coins où les inspections de routine étaient moins susceptibles de les découvrir.

Dans le silence, ils passèrent les outils de main en main, veillant à ce que chaque objet soit soigneusement caché. Maya positionna méticuleusement les pioches et les pelles sous son lit, les arrangeant aux côtés des gants renforcés et des lampes frontales. Lily, avec son œil avisé pour le détail, vérifia chaque cachette pour s'assurer qu'aucun objet ne dépassait ou n'attirait l'attention.

Alors qu'ils travaillaient rapidement mais méthodiquement, la tension dans l'air était palpable. Chaque membre comprenait la gravité de leurs préparatifs et la nécessité d'une confidentialité absolue. Alex et Ethan échangèrent de brefs hochements de tête rassurants en terminant la tâche, confirmant que tout était dissimulé à leur satisfaction.

Avec les outils maintenant en sécurité dans leurs cellules, ils reculaient, leurs cœurs battant la chamade à l'idée de la nuit à venir. Cette opération secrète soulignait leur unité et leur détermination, préparant le terrain pour que leur audacieux plan d'évasion se déroule sous le couvert de l'obscurité.

Alors que la nuit s'installait sur la prison, projetant de longues ombres sur les murs froids et en béton, Alex, Lily, Maya et Ethan restaient éveillés dans leurs cellules, le cœur battant d'anxiété et de détermination. Il était temps de mettre en action leurs plans méticuleusement élaborés. Chaque membre de l'équipe avait un rôle crucial dans l'excavation à venir, et ils savaient que le succès de leur évasion dépendait d'une exécution sans faille.

Dans sa cellule, Alex révisa soigneusement le plan de la prison une dernière fois à la faible lumière filtrant par la petite fenêtre située en hauteur près du plafond. Le plan était gravé dans son esprit : la distance jusqu'au tunnel de maintenance abandonné, les obstacles potentiels qu'ils pourraient rencontrer et les zones où les systèmes de sécurité de la prison étaient les plus vulnérables.

Il prit une profonde inspiration, se préparant à ce qui l'attendait. Enfilant les gants renforcés et fixant la lampe frontale autour de son front, Alex savait que cette nuit mettrait à l'épreuve non seulement leur endurance physique mais aussi leur volonté de récupérer leur liberté.

De l'autre côté de la prison, dans sa propre cellule, Lily restait vigilante. De son point de vue, elle observait les mouvements des gardes et les schémas de surveillance. Ses yeux perçants scrutaient les couloirs et observaient le timing des rondes, s'assurant que leur évasion restait indétectable aux yeux toujours attentifs de la sécurité de la prison.

Avec un petit carnet à la main, Lily nota des détails critiques : les itinéraires des gardes, les angles morts et la fenêtre d'opportunité qu'ils avaient identifiée pour que chaque membre commence à creuser sans éveiller les soupçons. Son rôle était crucial pour s'assurer qu'ils synchronisaient leurs actions avec précision, minimisant ainsi le risque d'être attrapés sur le fait.

Pendant ce temps, Maya vérifia minutieusement ses calculs une dernière fois. Utilisant un ruban à mesurer improvisé fabriqué à partir de fil et de papier, elle avait déterminé la profondeur et l'angle précis nécessaires pour creuser de sa cellule afin de rejoindre le tunnel de maintenance abandonné.

Elle se positionna au point de départ désigné, ses

mains agrippant fermement le manche de la pioche avec détermination. Maya savait que ses compétences en précision et en patience seraient mises à l'épreuve ce soir. À chaque coup porté contre le sol dur de la prison, elle canalisa sa concentration, son énergie pour creuser un chemin vers la liberté.

Dans sa propre cellule, Ethan se préparait avec l'état d'esprit stratégique affûté par des années de formation militaire. Il vérifia l'alignement de la direction du tunnel avec le plan, s'assurant que leur passage souterrain les conduirait vers la sécurité plutôt que vers de nouveaux dangers.

Équipé d'une pelle et d'un plan pour renforcer les murs du tunnel au fur et à mesure qu'ils progressaient, Ethan était prêt à exécuter leur stratégie d'évasion sans faute. Ses mains stables et son approche disciplinée étaient essentielles alors qu'il commençait à creuser silencieusement, sachant que le succès de leur mission dépendait de sa capacité à naviguer dans les complexités de leur route souterraine.

À l'heure convenue, lorsque les patrouilles des gardes avaient atteint leur fréquence minimale et que la prison était enveloppée dans le silence de la nuit, les quatre membres de l'équipe commencèrent leur travail en unisson.

La pioche d'Alex frappa le sol en béton de sa cellule avec un bruit étouffé, envoyant des vibrations à travers ses bras alors qu'il attaquait la première couche de résistance. Chaque coup était délibéré, visant à percer l'extérieur difficile sans créer un bruit excessif qui pourrait attirer une attention indésirable.

Lily, dans sa cellule voisine, maintenait sa vigilance. Ses yeux faisaient des allers-retours entre son carnet et la lueur faible de la lampe frontale d'Alex visible à travers la fente étroite sous sa porte de cellule. Elle nota le timing de chaque coup, s'assurant que leur creusage restait synchronisé avec le calendrier prévu afin de minimiser le risque de bruit superposé qui pourrait trahir leurs efforts.

Maya, dans sa propre cellule à travers la prison, travaillait méthodiquement. À chaque coup de sa pioche, elle creusait le sol solide, le son rythmique du métal contre le béton résonnant faiblement dans l'espace confiné. Elle faisait des pauses intermittentes pour consulter ses mesures, ajustant son angle et sa profondeur pour rester sur la bonne voie vers le chemin envisagé vers la liberté.

Ethan, également concentré, creusait en silence depuis sa cellule adjacente à celle de Maya. Ses mouvements étaient précis, la pelle mordant dans le sol avec une force calculée alors qu'il dégageait les débris. Il vérifiait périodiquement l'intégrité structurelle de leur tunnel, renforçant les points faibles avec des supports improvisés fabriqués à partir de matériaux récupérés plus tôt dans la salle des fournitures.

À mesure que la nuit avançait, les tunnels commençaient à prendre forme sous la structure formidable de la prison. Chaque membre de l'équipe travaillait avec une détermination inflexible, leur objectif commun d'évasion les propulsant à travers l'effort physique et l'épuisement mental.

Le tunnel d'Alex progressait régulièrement, l'espace s'élargissant à chaque heure de creusage laborieux. Il faisait parfois des pauses pour reprendre son souffle, essuyant la sueur de son front tout en inspectant l'expansion croissante du passage qui les conduirait vers la liberté.

La surveillance minutieuse de Lily s'est avérée inestimable. Ses observations aiguës et sa pensée rapide alertèrent l'équipe d'un changement inattendu dans les rotations des gardes, leur permettant d'ajuster leur calendrier de creusage en conséquence pour éviter d'être détectés.

Les calculs de Maya se révélèrent précis alors qu'elle approchait du point de jonction critique où son tunnel rejoindrait celui d'Ethan. Avec une précision mesurée, elle ajusta sa trajectoire pour assurer une connexion fluide, renforçant les murs du tunnel avec des supports improvisés pour maintenir l'intégrité structurelle.

Ethan, toujours le stratège, dirigeait le placement des poutres de soutien et dégageait les débris avec une efficacité née de sa formation militaire. Ses mains stables et son attention constante étaient essentielles pour maintenir l'élan de leurs progrès, malgré les défis physiques et la menace constante de découverte.

Tout au long de la nuit, ils rencontrèrent des obstacles imprévus : une couche obstinée de béton armé, des changements inattendus dans la composition du sol, et des moments de quasi-découverte lorsque les pas d'un garde s'approchaient trop près pour leur confort. Pourtant, leur détermination ne faiblit jamais.

Ils communiquaient par des gestes subtils et échangeaient de brefs hochements de tête d'encouragement alors qu'ils travaillaient dans la quasi-obscurité, illuminés seulement par la faible lueur des lampes frontales et le scintillement occasionnel d'une torche pour vérifier leurs progrès.

Aux premières heures du matin, leurs efforts portèrent leurs fruits. Le tunnel d'Alex franchit la dernière barrière, débouchant sur le passage de maintenance abandonné sous la prison. La vigilance de Lily leur assura d'éviter la détection, la planification minutieuse de Maya les maintint sur la bonne voie, et la supervision stratégique d'Ethan les guida à travers les défis.

Ensemble, ils se tenaient au seuil de leur nouveau chemin vers la liberté, les cœurs battant d'un mélange de soulagement et d'anticipation. Les tunnels, témoignage de leur unité et de leur résilience, représentaient non seulement une route d'évasion physique, mais aussi un triomphe de leur esprit indomptable contre les limites de leur captivité.

Alors qu'ils se rassemblaient à l'intersection de leurs tunnels, échangeant des sourires fatigués mais triomphants, Alex parla doucement, sa voix remplie de gratitude et de détermination : "Nous sommes arrivés jusqu'ici ensemble. Maintenant, finissons ce que nous avons commencé."

Avec une détermination renouvelée, ils se

préparèrent à entreprendre la prochaine phase de leur audacieuse plan d'évasion, prêts à faire face à tous les défis qui les attendaient en naviguant dans les passages labyrinthiques vers la promesse d'un avenir au-delà des murs de la prison.

Chapitre 5

Complications imprévues

Les premières lueurs de l'aube commençaient à filtrer à travers les fenêtres étroites de leurs cellules, projetant une lueur éthérée sur les quatre prisonniers. Alex était allongé sur son lit de camp, les muscles endoloris par le labeur de la nuit, mais son esprit était alerte. Il savait qu'ils étaient à la veille de quelque chose de monumental.

Ses pensées dérivèrent vers le plan qu'ils avaient méticuleusement élaboré au cours de semaines de conversations chuchotées et de moments volés. Chaque membre de l'équipe avait un rôle à jouer, et chaque étape devait être exécutée avec précision.

Dans les cellules voisines, Maya, Lily et Ethan étaient tout aussi épuisés, mais leur énergie était ravivée par les progrès réalisés. La nuit avait été longue, mais la sensation tangible de la terre cédant à leurs efforts était un rappel constant de leur objectif commun : la liberté.

C'est Alex qui brisa en premier la dernière couche de béton pour accéder au passage de maintenance abandonné. Il s'arrêta, ressentant un souffle d'air frais et stagnant sur son visage. C'était l'odeur de la liberté, même si elle était teintée de moisissure et de négligence. Rampant à travers le passage étroit, il se hissa dans le couloir et se leva, observant les environs avec un mélange de soulagement et d'anticipation.

Le couloir était faiblement éclairé, les murs étaient bordés de tuyaux rouillés et de fils en décomposition. Le sol était froid et humide sous ses mains, et il ressentit un frisson d'excitation. C'était le moment pour lequel ils avaient tant travaillé.

Peu après, le tunnel de Maya se connecta au même couloir. Elle émergea avec grâce, le visage barbouillé de terre mais rayonnant de triomphe. Ses calculs précis l'avaient guidée parfaitement.

« Beau travail, Maya, » dit Alex, lui offrant un sourire fier.

Ensuite, Lily apparut. Son visage, habituellement si composé, affichait maintenant un mélange de soulagement et de détermination. « On l'a fait, » murmura-t-elle, plus pour elle-même que pour quiconque d'autre.

Enfin, Ethan sortit de son tunnel, son expression

disciplinée se transformant en un sourire rare. « Très bien, voyons où cela nous mène, » dit-il, sa voix stable et forte.

Rassemblés dans le couloir de maintenance faiblement éclairé, l'équipe ressentit un nouveau sens du but. Le passage s'étendait devant eux, un labyrinthe d'ombres et de décomposition.

« Avançons, » dit Alex, prenant les devants. Sa lampe frontale projetait un faisceau étroit de lumière, les guidant à travers l'obscurité. Chaque pas résonnait dans le silence inquiétant, amplifiant leur présence dans cet espace oublié.

Alors qu'ils marchaient, le passage se tordait et se retournait, révélant des signes de son état d'abandon prolongé : des murs qui s'effondraient, des luminaires cassés et des tas de débris. Pourtant, au milieu de cette décomposition, il y avait un sens indéniable de potentiel.

Maya consulta un croquis approximatif qu'elle avait réalisé du ventre de la prison. « Si mes calculs sont corrects, cela devrait nous mener au tunnel principal qui passe sous les murs extérieurs, » dit-elle, sa voix calme et rassurante.

Après ce qui parut être une éternité à naviguer dans les passages labyrinthiques, une lueur faible apparut au loin. Le rythme de l'équipe s'accéléra, leurs respirations devenant haletantes d'excitation. La lumière grandissait, et leurs espoirs s'élevaient.

Mais juste au moment où ils approchaient de la source, les instincts aigus de Lily se manifestèrent. Elle se figea, sa main se levant en un signal silencieux pour que les autres s'arrêtent. « Des pas, » murmura-t-elle, sa voix à peine audible.

Ils se tendirent tous pour écouter, et en effet, le son lointain de pas approchants résonnait dans le tunnel. La panique les envahit, mais ils luttèrent pour rester calmes.

« Retour aux cellules, maintenant, » pressa Lily. « Nous ne pouvons pas risquer d'être attrapés ici. »

Ils se retournèrent et retracèrent leurs pas aussi rapidement et silencieusement que possible. Le passage semblait plus long dans leur retraite frénétique, chaque ombre et chaque son amplifiés par leurs sens aiguisés.

En atteignant l'entrée de leurs tunnels, ils se séparèrent, chacun retournant à sa cellule respective. Alex rampait à travers le passage étroit, son cœur battant à tout rompre dans ses oreilles. Une fois dans sa cellule, il couvrit rapidement l'entrée du tunnel avec son lit, arrangeant sa couverture et son oreiller pour cacher toute trace de dérangement.

Dans sa cellule, Maya fit de même, utilisant une combinaison de sa literie et de quelques vêtements pour dissimuler l'entrée. Elle lissa tout soigneusement, s'assurant que tout semblait intact.

Lily et Ethan suivirent son exemple, chacun cachant les preuves de leur chemin d'évasion sous leurs lits. Ils agissaient avec une efficacité entraînée, poussés par l'urgence des pas qui approchaient.

Juste au moment où ils terminèrent de cacher leurs tunnels, les gardes arrivèrent lors de leur ronde. Alex était allongé sur son lit, feignant le sommeil, son cœur martelant sa poitrine. Il pouvait entendre le léger tintement des clés et les voix étouffées des gardes qui progressaient dans le couloir.

Dans sa cellule, Lily écoutait attentivement, chaque nerf à vif. Les pas des gardes devenaient plus forts, puis s'arrêtèrent juste devant sa cellule. Elle retint son souffle, les yeux fixés sur le plafond pendant que le garde jetait un coup d'œil à l'intérieur.

Après ce qui sembla être une éternité, les pas s'éloignèrent. Les gardes poursuivirent leur ronde, inconscients des routes d'évasion cachées juste sous les lits des prisonniers.

La première lumière de l'aube s'infiltra dans leurs cellules, projetant une lueur faible sur les prisonniers épuisés mais déterminés. Chaque membre de l'équipe savait l'importance de maintenir sa routine habituelle pour éviter de susciter des soupçons. Ils étaient allés trop loin pour laisser une erreur imprudente compromettre leur évasion.

Alex fut le premier à se lever, étirant ses muscles endoloris. L'adrénaline des fouilles nocturnes s'était estompée, laissant derrière elle une douleur sourde, mais il savait qu'il ne pouvait pas se permettre de montrer le moindre signe de fatigue. Il se splasha un peu d'eau sur le visage à partir du petit lavabo de sa cellule, redressa son lit et se prépara pour la journée à venir.

Dans la cellule adjacente, Maya suivit une routine similaire. Elle lava soigneusement la terre de ses mains et de son visage, puis vérifia son apparence dans le miroir fissuré. Son attitude calculée demeurait intacte ;

elle ne pouvait pas se permettre que les gardes remarquent quoi que ce soit d'anormal.

Lily et Ethan, eux aussi, suivirent leurs rituels matinaux avec une précision entraînée. L'esprit aiguisé de Lily et ses compétences d'observation la guidaient à chaque mouvement, tandis que la nature disciplinée d'Ethan le gardait concentré sur la tâche à accomplir. Chaque pas était délibéré, assurant qu'ils s'intégreraient parfaitement dans le rythme quotidien de la prison.

La cafétéria bourdonnait de l'activité matinale habituelle. Les prisonniers entraient, plateaux en main, les yeux scrutant les visages familiers ou les menaces potentielles. Alex, Maya, Lily et Ethan prirent chacun leur petit-déjeuner et se dirigèrent vers leurs places habituelles. Ils ne pouvaient pas se permettre de s'asseoir ensemble et risquer d'attirer l'attention, alors ils prirent place parmi les autres détenus, maintenant une apparence de normalité.

Alex s'assit avec un groupe de camarades de cellule, engageant une conversation décontractée sur les aspects banals de la vie en prison. Il écoutait attentivement, offrant parfois un commentaire ou deux, son esprit toujours en mouvement, toujours en train de planifier. De l'autre côté de la pièce, Maya mangeait en silence, ses yeux parcourant la salle, notant les positions et les routines des gardes.

Lily, toujours observatrice, discutait avec quelques connaissances, son attitude légère et enjouée. Elle savait comment se fondre dans la masse, comment se rendre insignifiante. Ethan, quant à lui, mangeait avec son expression stoïque habituelle, sa présence inspirant le respect et maintenant les fauteurs de troubles potentiels à distance.

Après le petit-déjeuner, les prisonniers furent conduits dans la cour pour leur temps d'exercice prévu. L'espace ouvert, entouré de hautes clôtures et de gardes vigilants, offrait une brève pause à la contrainte de leurs cellules.

Alex et Ethan se dirigèrent vers la zone de gym improvisée, soulevant des poids et s'entraînant aux côtés d'autres détenus. Leur force physique était bien connue, et ils en tiraient parti, maintenant leur force et leurs apparences.

Maya et Lily prirent la piste, marchant côte à côte, leur conversation étant décontractée et légère. Elles savaient l'importance de ces moments, non seulement pour l'exercice physique, mais aussi pour l'opportunité d'observer et de rassembler des informations.

Lily gardait un œil sur les gardes, notant leurs schémas de patrouille et toute modification dans leurs routines. Son esprit acéré cataloguait chaque détail, s'assurant que leur plan d'évasion restait viable. Pendant ce temps, Maya profitait de ce temps pour revoir mentalement ses calculs, s'assurant que leurs tunnels étaient sur la bonne voie.

Après le temps dans la cour, ils furent autorisés à visiter la bibliothèque. La petite pièce faiblement éclairée offrait une sorte de refuge, un endroit où ils pouvaient se perdre dans des livres et échapper momentanément à la dure réalité de la vie en prison.

Alex et Maya trouvèrent leurs places habituelles parmi les étagères, sélectionnant des livres qui offraient à la fois connaissance et distraction. Alex choisit un livre sur les anciennes tactiques d'évasion, son esprit cherchant toujours de nouvelles stratégies et idées. Maya, toujours l'artiste, prit un livre sur l'histoire de l'art, ses doigts traçant les images de chefs-d'œuvre qu'elle rêvait de recréer.

Lily et Ethan trouvèrent également du réconfort dans la bibliothèque. Lily se dirigea vers les romans policiers, son esprit savourant les intrigues complexes et les rebondissements astucieux. Ethan choisit l'histoire militaire, son esprit discipliné trouvant du réconfort dans les récits de stratégie et d'honneur.

La bibliothèque leur offrait une brève pause, une

chance de se regrouper et de se préparer mentalement pour la prochaine phase de leur plan. Ils savaient que maintenir leur routine était crucial, mais leurs pensées revenaient toujours aux tunnels, à la promesse de liberté juste sous leurs pieds.

Tout au long de la journée, ils échangèrent des signaux subtils, leurs yeux se rencontrant brièvement, transmettant des messages silencieux de réassurance et de détermination. Ils ne pouvaient pas se permettre de communiquer ouvertement, mais leur lien était fort, leur objectif commun les unissant.

Alex prenait soin de faire le point avec chaque membre de l'équipe au cours de la journée, offrant un mot d'encouragement ou un hochement de tête réconfortant. Il savait l'importance de l'unité, de maintenir leur moral élevé et leur résolution inébranlable.

La nature précise de Maya guidait chacun de ses mouvements, s'assurant que chaque étape de leur plan était minutieusement calculée. Elle passait en revue leurs progrès, prenant des notes mentales sur les ajustements qui pourraient être nécessaires.

Les compétences d'observation aiguës de Lily les maintenaient un pas en avant, son esprit analysant et planifiant constamment. Elle surveillait les gardes, notant tout changement dans leurs routines ou comportements, s'assurant que leur plan d'évasion restait viable.

L'approche disciplinée d'Ethan fournissait une influence stabilisante, son attitude calme et son esprit stratégique les guidant à travers chaque défi. Il restait concentré sur la tâche à accomplir, les yeux toujours fixés sur le prix.

Au fur et à mesure que la journée avançait, ils continuaient à rassembler des informations et à affiner leur plan. Ils savaient que l'ultime poussée nécessiterait une synchronisation parfaite et une détermination sans faille. Chaque membre de l'équipe jouait un rôle crucial, et ils ne pouvaient se permettre d'erreurs.

Pendant le déjeuner, ils se checkaient subtilement, leurs conversations légères et décontractées pour éviter les soupçons. Ils savaient que leur prochain mouvement serait critique, et ils devaient s'assurer que tout le monde était prêt.

Alors que la journée touchait à sa fin, ils

retournèrent dans leurs cellules, chacun prenant un moment pour réfléchir aux progrès réalisés. Les tunnels étaient presque terminés, et la phase finale de leur évasion était à portée de main.

Alex s'allongea sur son lit, son esprit tourbillonnant de pensées et de plans. Il savait que les nuits à venir seraient critiques, et il se préparait mentalement aux défis à venir.

Maya passait en revue ses calculs une dernière fois, s'assurant que chaque détail était pris en compte. Sa nature précise la guidait, lui donnant confiance en leur plan.

L'esprit aiguisé de Lily restait concentré, ses compétences d'observation affinées à la perfection. Elle savait que les routines des gardes seraient leur plus grand atout, et elle gardait un œil attentif sur leurs mouvements.

L'approche disciplinée d'Ethan le gardait calme et concentré, son esprit stratégique planifiant et ajustant constamment. Il savait que l'ultime poussée nécessiterait une exécution parfaite, et il était prêt à affronter tous les défis qui se présenteraient.

La prison était enveloppée de silence, la ronde de nuit faisant des allers-retours dans les couloirs avec une monotonie rythmique. Les quatre conspirateurs reposaient dans leurs lits, feignant le sommeil en attendant le bon moment. Lorsque l'horloge sonna minuit, Alex se leva silencieusement de son lit de camp et se dirigea vers la petite fenêtre barrée de sa cellule. En regardant à l'extérieur, il pouvait voir le léger contour de la cellule de Lily de l'autre côté de l'étroite ruelle. Il leva la main et tapota les barreaux deux fois—un signal convenu.

Lily, toujours alerte, remarqua immédiatement le signal. Elle se glissa hors du lit, ses mouvements silencieux et fluides, et s'approcha de sa propre fenêtre. Elle répondit par deux coups, indiquant qu'elle était prête.

Dans leurs cellules respectives, Maya et Ethan se préparèrent également. Ils connaissaient le plan et faisaient confiance au jugement d'Alex. Silencieusement, ils rassemblèrent leurs outils et se dirigèrent vers les tunnels qu'ils avaient creusés avec soin au cours des nuits précédentes.

Alex souleva la trappe dissimulée sous son lit,

révélant l'entrée sombre de son tunnel. Il attrapa sa lampe de poche, dont le faisceau était faible mais suffisant pour leurs besoins. Jettant un dernier coup d'œil à sa cellule pour s'assurer que tout était en place, il descendit dans la terre, les murs du tunnel froids et humides autour de lui.

Lily fit de même, ses mouvements gracieux et précis. Elle avait toujours été la plus rapide et la plus silencieuse parmi eux, son agilité étant le produit d'années passées dans les rues avant son incarcération. Elle se déplaça à travers le passage étroit avec aisance, la terre familière sous ses doigts.

Les deux tunnels convergèrent dans un passage central, où Maya et Ethan attendaient. Leurs visages étaient éclairés par la lumière tamisée de leurs lampes de poche, des ombres dansant sur leurs expressions déterminées.

"Content que tu puisses nous rejoindre," murmura Maya, sa voix à peine audible au-dessus du bourdonnement tranquille de l'underground.

"Il fallait s'assurer que les gardes étaient installés," répondit Alex, son ton calme et posé. "Sommes-nous prêts ?"

Ethan hocha la tête. "Faisons cela."

Ils avancèrent tous les quatre à travers le passage central, leurs lampes de poche projetant des ombres étranges sur les murs du tunnel. L'air était frais et moisi, un contraste frappant avec la chaleur étouffante de la prison au-dessus. Ils naviguèrent à travers les tournants avec une aisance pratiquée, leurs explorations précédentes ayant tracé le chemin dans leurs esprits.

Alors qu'ils approchaient de la fin du passage, l'air devint plus frais, et une légère brise annonçait une ouverture à venir. Leur excitation était palpable, un mélange d'anticipation et d'anxiété. C'était le moment pour lequel ils avaient travaillé si dur, l'aboutissement de leur plan minutieusement préparé et de leurs efforts incessants.

Maya, toujours la stratège, prit les devants. Elle tenait sa lampe de poche fermement, son faisceau perçant l'obscurité. Son esprit s'emballait avec des calculs et des contingences, sa confiance inébranlable malgré les inconnues qui les attendaient.

Lorsque le groupe atteignit enfin l'extrémité du tunnel, il s'arrêta. Devant eux se tenait la barrière qu'ils avaient anticipée, une lourde grille en métal marquant la limite du tunnel abandonné. Mais il y avait autre chose—un grand cadenas rouillé qui fermait la grille. C'était un rebondissement qu'ils n'avaient pas prévu.

"Mince," murmura Ethan, sa voix basse et tendue. "Nous n'avions pas prévu cela."

Lily s'accroupit, examinant le cadenas. "Il est vieux, mais il est solide. Nous ne pouvons pas le briser de ce côté."

L'esprit d'Alex s'emballa, cherchant une solution. "Nous devons trouver un autre chemin. Il doit y avoir quelque chose que nous avons manqué."

Maya recula, son front plissé de réflexion. "Si nous pouvons trouver la clé ou un moyen de soulever le cadenas de l'extérieur, nous avons peut-être encore une chance. Mais nous devrons être rapides et prudents. Les gardes remarqueront si nous restons trop longtemps absents."

Alex hocha la tête, sa détermination inébranlable. "Nous allons nous séparer. Ethan et moi allons essayer de trouver un autre chemin. Maya, Lily, voyez si vous pouvez trouver quelque chose d'ici."

Maya et Lily s'accroupirent près de la grille, examinant chaque centimètre à la recherche de faiblesses ou de solutions potentielles. Leurs lampes de poche projetaient de longues ombres sur les murs rugueux en pierre, créant une atmosphère de détermination étrange.

"Peut-être qu'il y a un levier ou un mécanisme à l'extérieur," suggéra Maya, sa voix calme et analytique.

"Quelque chose qui peut libérer le cadenas de l'autre côté."

Lily hocha la tête, ses yeux scrutant le bord du tunnel. "Ou une brique lâche, une clé cachée—quoi que ce soit qui puisse nous donner une chance."

Pendant ce temps, Alex et Ethan avancèrent plus loin dans le passage, leurs pas prudents et délibérés. Ils murmuraient des idées et des possibilités, leurs esprits travaillant en tandem alors qu'ils cherchaient un moyen de contourner cet obstacle inattendu.

"Nous sommes allés trop loin pour être arrêtés par un putain de cadenas," murmura Ethan, sa frustration évidente.

Alex posa une main rassurante sur son épaule. "Nous allons trouver un moyen. Nous le faisons toujours."

Les deux hommes continuèrent leur recherche, leurs lampes de poche révélant davantage des secrets du tunnel. Ils trouvèrent de vieux outils, des morceaux de métal abandonnés, et l'occasionnel rat s'enfuyant à la lumière. Mais rien qui puisse les aider à briser le cadenas.

"Attends," dit Alex, s'arrêtant soudainement. "Regarde ça."

Ethan se tourna pour voir Alex examiner une section du mur. Un léger contour d'une porte était visible, ses bords cachés sous une couche de crasse et de poussière. C'était un moyen de sortie potentiel, mais il était fortement verrouillé et renforcé.

"Cela pourrait être notre entrée," dit Alex, sa voix

remplie d'optimisme prudent. "Si nous pouvons trouver un moyen de l'ouvrir."

Ethan hocha la tête. "Nous aurons besoin d'outils, quelque chose pour le forcer."

Ils se dépêchèrent de retourner au passage central, où Maya et Lily examinaient toujours la grille.

"Vous avez trouvé quelque chose ?" demanda Maya, ses yeux brillant d'espoir.

Alex hocha la tête. "Il y a une porte un peu plus loin. Elle semble renforcée, mais cela pourrait être notre sortie. Nous avons besoin d'outils pour l'ouvrir."

Les yeux de Lily s'illuminèrent. "Je pense que j'ai une idée. Il y a une salle de stockage près des cuisines. C'est là où ils gardent les fournitures de maintenance.

Nous pouvons y trouver ce dont nous avons besoin."

145

Chapitre 6

Dans le ventre de la bête

La cafétéria était une cacophonie de plateaux qui s'entrechoquent et de conversations murmurées alors que les prisonniers se pressaient pour le petit-déjeuner. Au milieu de l'agitation, Alex, Maya, Lily et Ethan étaient assis à leurs tables habituelles, soigneusement positionnées pour maintenir l'apparence de la normalité tout en restant dans le champ de vision les uns des autres. Leurs regards se croisaient de temps en temps, une compréhension silencieuse passant entre eux.

Alex, assis près de l'extrémité d'une longue table, gardait les yeux rivés sur son repas, mais son esprit était concentré sur la tâche à venir. Il leva brièvement les yeux, établissant un contact visuel avec Ethan, qui était assis à quelques tables de distance. Le plan était établi, et ils savaient ce qu'ils devaient faire.

Ils avaient choisi la cafétéria comme point de rencontre pour une raison : c'était l'un des rares endroits de la prison où un grand groupe de détenus se rassemblait, créant une opportunité de distraction et de discrétion. Les gardes, bien que vigilants, ne pouvaient pas surveiller tout le monde en même temps.

Alex prit une bouchée de sa nourriture, mâchant lentement tout en passant en revue le plan dans son esprit. Ils devaient entrer dans la salle de stockage de la cuisine et voler les clés qui pouvaient ouvrir les verrous de leur chemin d'évasion. Les clés étaient accrochées à un crochet près de la porte principale de la cuisine, gardées par un roulement de gardes. Le timing et la précision étaient cruciaux.

De l'autre côté de la pièce, Maya était assise avec un groupe de détenus, son attitude calme et posée. Elle picorait son repas, ses yeux vifs scrutant la salle, notant les positions des gardes. Elle avait cartographié leurs routines au cours de la semaine précédente, et maintenant, il était temps de mettre cette information à profit.

Lily, toujours observatrice, discutait avec les détenus autour d'elle, son rire se fondant parfaitement dans le bruit de fond. Son esprit, cependant, était loin des bavardages oisifs. Elle avait mémorisé les horaires des gardes et savait exactement quand leur attention serait à son plus bas.

Ethan, discipliné et concentré, mangeait son repas avec une précision méthodique. Il était le muscle de l'opération, prêt à créer la distraction dont ils avaient besoin. Son rôle était crucial ; sans cela, ils ne pourraient pas détourner l'attention des gardes suffisamment longtemps pour que Maya et Lily puissent entrer dans la cuisine.

À mesure que le petit-déjeuner touchait à sa fin, Alex fit un signe aux autres d'un léger hochement de tête. L'équipe termina ses repas et se leva de leurs sièges, se fondant dans le flot de prisonniers retournant à leurs cellules. Ils devaient exécuter leur plan pendant la période de transition lorsque les gardes étaient préoccupés par la gestion des mouvements des détenus.

L'équipe se regrouppa dans le couloir à l'extérieur

de la cafétéria. Les gardes étaient occupés à diriger le flot des prisonniers, leur attention momentanément détournée. C'était l'occasion parfaite.

« Prêts ? » murmura Alex, sa voix à peine audible au-dessus du bruit.

« Prête, » répondit Maya, sa voix ferme.

Lily et Ethan acquiescèrent, leurs expressions résolues.

Alex prit une profonde inspiration, puis se mit en position. Ethan le suivit, marchant quelques pas derrière. Le plan reposait sur le fait qu'Ethan crée une distraction suffisamment grande pour attirer les gardes loin de l'entrée de la cuisine.

Le moment d'Ethan arriva alors qu'ils passaient

devant un groupe de détenus près des portes de la cuisine. D'un mouvement soudain et calculé, il trébucha, se heurtant à un autre détenu et envoyant un plateau de nourriture s'écraser au sol. Le bruit était assourdissant, et le chaos éclata alors que les détenus réagissaient à la soudaine agitation.

« Hé ! Fais attention où tu vas ! » cria le détenu, poussant Ethan.

Ethan répliqua, exacerbant l'altercation. Les gardes, pris au dépourvu par la soudaine perturbation, accoururent pour mettre fin à la bagarre.

« Séparez-vous ! Reculez, tout le monde ! » hurla l'un des gardes, essayant de rétablir l'ordre.

Au milieu du chaos, Maya et Lily se faufilèrent à travers la foule, leurs mouvements rapides et silencieux.

Elles atteignirent la porte de la cuisine sans être remarquées, et Maya ouvrit rapidement la serrure, ses doigts agiles travaillant avec une précision habituelle. La porte s'ouvrit avec un déclic, et elles entrèrent à l'intérieur.

Dans la cuisine, l'air était chargé de l'odeur de la nourriture en train de cuire. Le cliquetis des casseroles et des poêles remplissait la pièce, masquant leurs pas. Elles se déplacèrent rapidement, sachant que leur fenêtre d'opportunité était petite.

Le crochet à clés était situé près du fond de la cuisine, exactement comme elles l'avaient observé. Lily montait la garde, ses yeux se dirigeant vers la porte toutes les quelques secondes, tandis que Maya s'approchait du crochet. Elle saisit les clés, son cœur battant d'un mélange de peur et d'excitation.

« Je les ai, » murmura Maya, tenant les clés en l'air.

« Allons-y, » répondit Lily, sa voix tendue.

Elles retracèrent leurs pas, se déplaçant rapidement mais prudemment. Lorsqu'elles atteignirent la porte, elles pouvaient encore entendre les gardes à l'extérieur s'occupant de la commotion qu'Ethan avait provoquée. Elles sortirent en se mêlant de nouveau à la foule de détenus qui étaient maintenant conduits vers leurs cellules.

Ethan, son rôle terminé, avait réussi à se dégager de la bagarre et marchait maintenant de retour avec les autres détenus, son visage impassible. Il croisa le regard d'Alex et lui fit un léger signe de tête, signalant que tout s'était déroulé comme prévu.

De retour dans leurs cellules, l'équipe se regrouppa dans les tunnels qu'ils avaient creusés. Les outils qu'ils avaient volés plus tôt, combinés aux clés désormais en leur possession, les rapprochaient d'un pas de leur objectif.

Alex leva les clés, ses yeux rencontrant tour à tour ceux des autres. « Nous l'avons fait, » dit-il, sa voix remplie de détermination. « Maintenant, au travail. »

L'équipe se mit au travail, utilisant les outils et les clés pour ouvrir la porte cachée dans le tunnel. Leurs mouvements étaient précis, chaque membre connaissant son rôle et l'exécutant à la perfection. La porte craqua en s'ouvrant, révélant le passage au-delà.

« C'est ça, » dit Alex, sa voix emplie d'une

excitation mêlée de résolution. « Nous sommes presque là. Continuons. »

Le passage était sombre et humide, l'air chargé de l'odeur de moisissure et de décomposition. Mais l'équipe avançait, sa détermination inébranlable. Ils savaient que la liberté se trouvait juste au-delà du prochain virage, et ils étaient prêts à la saisir.

Alors qu'ils naviguaient dans le passage étroit, leurs lampes de poche projetant des ombres étranges sur les murs, ils avançaient avec un sens du but. Chaque pas les rapprochait de leur objectif, et ils savaient qu'ensemble, ils pouvaient surmonter tout obstacle sur leur chemin.

À mesure qu'ils approchaient du point du tunnel qui les mènerait à l'extérieur de la prison, l'air semblait devenir plus frais, portant avec lui un indice alléchante de liberté. Alex, en tête, s'arrêta soudain et se tourna vers le groupe. Son expression était intense, un mélange d'urgence et de prudence.

« Attendez, » dit-il, sa voix à peine un murmure. « Nous ne pouvons pas sortir comme ça. »

Les autres, surpris par son arrêt soudain, échangèrent des regards confus.

« Que veux-tu dire ? » demanda Maya, son front se plissant.

Alex prit une profonde inspiration, stabilisant ses pensées. « Si nous sortons juste par ce tunnel, les gardes le découvriront dans nos cellules. Ils sauront comment nous avons échappé et commenceront immédiatement à nous traquer. Nous devons leur faire croire que nous sommes sortis par un autre chemin, pour nous donner plus de temps. »

Lily, toujours rapide à penser, hocha lentement la tête. « Nous avons besoin d'une diversion, quelque chose pour les dérouter. »

Ethan, comprenant la gravité de la situation, avança. « Que proposes-tu ? »

L'esprit d'Alex s'emballa alors qu'il formulait un plan. « Nous devons créer une fausse route d'évasion. Quelque chose de convaincant pour faire croire aux gardes que nous avons pris un chemin différent. »

Les yeux de Maya s'illuminèrent avec une idée. « Nous pourrions utiliser le chariot de linge. Ce n'est pas loin de l'entrée du tunnel et il mène à la zone de service extérieur. Si nous laissons des indices menant là-bas, ça pourrait fonctionner. »

Lily ajouta : « Nous pouvons planter quelques-unes de nos affaires près du chariot, faire en sorte que ça ait l'air comme si nous avions eu du mal à passer. »

Ethan hocha la tête en signe d'accord. « Nous devrons aussi couvrir nos traces dans le tunnel, pour qu'il soit moins évident qu'il mène directement à nos cellules. »

Alex regarda chacun d'eux, sa détermination reflétée dans leurs yeux. « D'accord, faisons-le. Nous allons nous séparer pour que ce soit rapide. Ethan, toi et moi nous occuperons du tunnel. Maya et Lily, vous vous occupez du chariot de linge. »

Ils retournèrent dans leurs cellules, veillant à éviter toute détection. Une fois à l'intérieur, ils attendirent le bon moment pour exécuter leur plan. Alex et Ethan rassemblèrent discrètement de petites quantités de ciment, les cachant dans leurs poches. Ils prévoyaient de remplir le tunnel rugueux et de le faire ressembler à un sol normal, veillant à ce que leur itinéraire d'évasion reste caché.

Lorsque les gardes emmenèrent tous les prisonniers pour le déjeuner, Ethan, Alex, Maya et Lily saisirent l'occasion de faire passer du ciment dans leurs cellules. Chacun d'eux avait soigneusement mis le matériau dans ses poches, l'esprit en ébullition face à l'urgence de leur tâche. Dès leur retour, ils se mirent au travail, lissant les sols et fabriquant des couvercles pour cacher les entrées du tunnel.

Ethan et Alex approchèrent de l'entrée du tunnel

avec un sentiment d'urgence, remplissant méthodiquement les sections rugueuses de ciment. Travaillant en tandem, ils lissèrent soigneusement, s'assurant que chaque contour se fondait parfaitement avec le sol environnant. Chaque mouvement de leurs outils était délibéré, leur concentration inébranlable alors qu'ils masquaient toute trace de leur opération secrète. Ils savaient que même la plus petite imperfection pouvait éveiller les soupçons, donc la précision était primordiale.

Une fois le travail de ciment terminé, ils confectionnèrent un capuchon parfaitement ajusté pour l'entrée du tunnel. Le capuchon, habilement camouflé pour correspondre au sol, était conçu pour ne pas être remarqué par les gardes ou les détenus qui pourraient entrer dans leurs cellules. Avec le capuchon solidement en place, ils reculièrent pour admirer leur œuvre, satisfaits de voir leur passage secret efficacement dissimulé.

Maya et Lily, se déplaçant furtivement dans leurs cellules, imitaient le travail minutieux d'Ethan et Alex. Elles remplissaient les sections rugueuses de ciment, lissant soigneusement pour que cela se fonde parfaitement avec le sol environnant. Leurs mouvements étaient précis, veillant à ce qu'aucune trace de leurs activités ne reste. Pour garantir encore davantage leur tromperie, elles fabriquèrent également des capuchons pour leurs entrées de tunnel. Façonnés pour se fondre parfaitement avec le sol, les capuchons cachaient toute preuve d'altération. Une fois les capuchons en place, Maya et Lily reculièrent, satisfaites que leurs itinéraires d'évasion soient efficacement dissimulés.

Alors qu'elles terminaient leurs préparatifs, elles attendirent le signal du dîner nocturne, le signal pour la prochaine phase de leur plan. Maya et Lily gardèrent leurs affaires prêtes, attendant le moment précis pour se diriger vers le chariot de linge. Elles savaient que le timing était crucial, et qu'une erreur pourrait compromettre l'ensemble de leur plan.

À l'approche de l'heure, la tension dans l'air était palpable. Les routines des gardes leur étaient bien connues, et elles synchronisèrent leurs actions avec les mouvements des gardes. Le plan était en route.

Les pas des gardes résonnaient dans les couloirs alors que les prisonniers faisaient la queue pour le dîner. Maya et Lily échangèrent un regard tendu, leur cœur battant la chamade. Elles savaient que c'était leur moment. Avec leurs affaires discrètement cachées, elles avancèrent en unisson, se glissant vers le chariot de linge sous le couvert de la foule en plein dîner.

Lorsqu'elles atteignirent le chariot, Maya et Lily déposèrent rapidement leurs affaires, les éparpillant pour créer une piste d'évasion convaincante. Lily, les mains habilement salies de terre et de crasse, appliqua le résidu terreux le long des bords du chariot. Les traces sombres ajoutèrent une authenticité vieillie à leur ruse, renforçant l'illusion d'un départ précipité. Avec un dernier regard pour s'assurer que tout était en place, elles se glissèrent à nouveau dans la foule, se fondant parfaitement.

Les préparatifs terminés, elles retournèrent dans leurs cellules, le cœur battant. Maintenant, il leur fallait attendre. Les gardes remarqueraient bientôt leur absence et la fausse piste qu'elles avaient laissée derrière.

L'équipe resta silencieuse, chaque membre perdu dans

ses pensées, sachant que les prochaines heures étaient

cruciales.

Lorsque les gardes effectuèrent leur dernière

vérification des cellules, Ethan, Alex, Maya et Lily firent

leur mouvement. Le son des pas lointains se faisait de

plus en plus fort, signalant l'approche des gardes.

L'équipe resta calme, leurs visages ne trahissant rien de

la tension qu'ils ressentaient à l'intérieur.

Ethan et Alex s'introduisirent rapidement dans

l'entrée du tunnel dissimulée, plaçant le capuchon ajusté

dessus pour s'assurer qu'il était parfaitement camouflé.

Pendant ce temps, Maya et Lily se déplacèrent avec une

précision égale, sécurisant leur propre entrée de tunnel

avec un capuchon. Une fois tout en place, ils avancèrent dans les tunnels, leurs pas résonnant doucement contre les murs froids et humides.

Après avoir navigué dans les passages labyrinthiques, ils atteignirent enfin le point de sortie. Maya, le cœur battant, tendit un trousseau de clés à Alex. Les mains tremblantes, Alex commença à essayer chaque clé dans la lourde grille bloquant leur chemin. Le cliquetis des clés résonnait faiblement à travers le tunnel alors qu'il travaillait.

Une à une, les clés échouèrent à déverrouiller la grille jusqu'à ce que, finalement, la dernière clé tourne avec un clic satisfaisant. La grille s'ouvrit, révélant un étroit passage qui les conduisait vers la dense forêt au-delà. Un sentiment de soulagement les envahit alors qu'ils pénétraient dans l'air frais et vif de la nuit, leur évasion de la prison devenant désormais une réalité.

L'équipe s'arrêta un instant, leurs yeux s'ajustant à l'obscurité et à l'immensité de la forêt baignée de lune. Ils savaient qu'ils devaient agir rapidement et silencieusement pour éviter d'être détectés. Après un dernier regard en arrière sur la prison qu'ils avaient laissée derrière eux, ils s'engagèrent dans les bois, leurs cœurs battant la chamade à l'idée de la liberté et des promesses qui les attendaient.

La forêt les accueillait, offrant à la fois couverture et un sentiment d'espoir. À chaque pas, ils laissaient leurs anciennes vies de plus en plus derrière eux, se rapprochant de la liberté pour laquelle ils avaient tant lutté. Et bien que le chemin à venir fût incertain, ils l'affrontaient ensemble, prêts à surmonter tous les

obstacles sur leur route.

Chapitre 7

Dans la nature

La dense forêt se dressait devant eux, ses arbres imposants projetant de longues ombres sous la lumière de la lune. L'air était frais et vif, rempli du bruit des feuilles qui bruissent et des créatures nocturnes au loin. L'équipe — Alex, Maya, Lily et Ethan — avait réussi à naviguer dans le tunnel et était sortie sous le couvert de la forêt. Ils avaient enfin franchi les murs de la prison, mais leur fuite était loin d'être terminée. Ils devaient encore survivre dans la nature et éviter d'être capturés.

Ils se regroupèrent, leurs souffles visibles dans l'air froid de la nuit. La forêt était un labyrinthe tentaculaire de pins majestueux et de sous-bois, son canopy étant un patchwork d'ombres et de rayons lunaires argentés.

« Nous sommes sortis », dit Alex à voix basse, sa voix mêlant soulagement et détermination. « Mais nous devons avancer. La prison remarquera bientôt notre absence et enverra des équipes de recherche. »

Maya, scrutant la forêt sombre, hocha la tête. « Nous devons trouver un bon endroit pour nous cacher et déterminer notre prochaine étape. Nous ne pouvons pas rester trop longtemps au même endroit. »

Lily, tenant fermement son sac à dos usé, ajouta : « Nous devrions éviter les zones ouvertes et rester en dehors des sentiers principaux. Si nous faisons du bruit ou laissons une trace, nous serons faciles à suivre. »

Ethan, toujours le stratège discipliné, sortit une

carte qu'il avait réussi à cacher. Il la déplia avec soin, sa lampe de poche projetant un faisceau étroit de lumière sur sa surface. « Nous devons aller vers le nord. Il y a un réseau d'anciennes routes de bûcherons et de cabanes dans cette direction. Cela pourrait nous offrir un abri et une chance de nous regrouper. »

Le groupe hocha la tête en accord et commença son voyage dans la forêt. Le sol sous leurs pieds était irrégulier, recouvert d'une épaisse couche de feuilles et de branches tombées. Chaque pas nécessitait une navigation minutieuse pour éviter de faire du bruit. La forêt, bien que dense et menaçante, fournissait la couverture dont ils avaient besoin, mais posait également son propre ensemble de défis.

Alors qu'ils marchaient, ils restaient attentifs. Les

sons lointains des projecteurs de la prison et les cris occasionnels des gardes à leur recherche leur rappelaient constamment le danger auquel ils faisaient face.

Les heures passèrent, et la forêt semblait s'étirer à l'infini. La fatigue commença à peser sur eux, mais ils continuèrent, poussés par l'espoir de trouver un abri. Maya, qui avait un talent pour naviguer à travers un terrain difficile, menait la marche, ses instincts les guidant à travers l'obscurité.

Finalement, ils atteignirent une petite clairière entourée de buissons épais. Elle offrait un répit temporaire à leur voyage. Ils montèrent un camp de fortune, utilisant des branches tombées et des feuilles pour créer un abri modeste. Pendant qu'ils travaillaient, Ethan ramassa des brindilles et des branches sèches pour un feu. Ils avaient besoin de chaleur et d'un moyen de cuire la nourriture qu'ils avaient récupérée de la cuisine de la prison.

Avec le feu crépitant doucement, ils se serrèrent les uns contre les autres, essayant de se reposer. La chaleur était un réconfort bienvenu, mais la tension de leur situation rendait difficile la détente. Chaque membre du groupe prit à tour de rôle le garde, scrutant la forêt environnante à la recherche d'un signe de danger.

« Je pense que nous devrions prendre des quarts pour la nuit », suggéra Alex. « Une personne doit rester éveillée pendant que les autres se reposent. »

Lily, qui ressentait encore l'adrénaline de leur évasion, se porta volontaire pour garder le premier quart. « Je vais rester vigilante. Vous devez tous vous reposer.

»

Les autres hochèrent la tête et s'installèrent dans leurs lits de fortune. Malgré leur épuisement, le sommeil tarda à venir. La forêt était vivante avec des sons — le hululement lointain d'un hibou, le bruissement de petits animaux dans le sous-bois et le craquement occasionnel d'une branche. Chaque bruit mettait leurs nerfs à l'épreuve.

Au fil des heures, l'obscurité de la forêt semblait se resserrer autour d'eux. Lily resta vigilante, ses sens en alerte. Chaque ombre et chaque bruissement faisaient battre son cœur, mais il n'y avait aucun signe de poursuite. Les gardes de la prison, s'ils étaient à leur recherche, n'avaient pas encore rattrapé leur retard.

Alors que l'aube commençait à se lever, la forêt se

transforma lentement d'un labyrinthe ombreux en un paysage baigné par la douce lumière du matin. L'équipe se réveilla pour trouver le ciel peint de teintes roses et oranges. Ils rassemblèrent rapidement leurs affaires et se préparèrent pour la prochaine étape de leur voyage.

Alex fit le point sur leurs provisions. Ils avaient réussi à apporter un peu de nourriture avec eux, mais c'était limité. « Nous devons trouver une source d'eau et rassembler plus de nourriture, » dit-il. « Nous ne pouvons pas compter sur ce que nous avons trop longtemps. »

Maya hocha la tête. « Je connais quelques astuces de survie. Nous pouvons chercher des plantes comestibles et des baies. Je vais nous guider. »

Le groupe se remit en marche, cette fois avec un

objectif plus clair. Les connaissances de Maya sur la forêt se révélèrent inestimables alors qu'elle les dirigeait vers un ruisseau voisin. Ils remplirent leurs bouteilles d'eau et burent une gorgée très nécessaire. L'eau fraîche et fraîche les revigora, et l'équipe sentit son moral remonter.

Ensuite, ils cherchèrent de la nourriture. Maya identifia plusieurs plantes et baies comestibles, et ils rassemblèrent ce qu'ils pouvaient. La forêt offrait une abondance de ressources naturelles, mais ils devaient fairc attention et éviter tout ce qui pourrait être potentiellement nocif.

Alors qu'ils poursuivaient leur trek à travers la forêt, ils tombèrent sur une petite cabane abandonnée. La structure était usée par le temps, mais elle offrait un abri potentiel et une chance de se reposer. Ils décidèrent d'explorer.

À l'intérieur, la cabane était spartiate mais fonctionnelle. Il y avait quelques vieilles fournitures, y compris une boîte de conserve rouillée et quelques outils cassés. Avec un peu d'effort, ils parvinrent à rendre la cabane habitable, en la nettoyant et en l'utilisant comme base temporaire.

La cabane offrait un refuge bien nécessaire, mais ils savaient qu'ils ne pouvaient pas y rester indéfiniment. La prison découvrirait éventuellement leur évasion, et les équipes de recherche seraient lancées en force. Ils devaient continuer à avancer et rester un pas en avant.

Alors qu'ils s'installaient dans leur maison temporaire, Alex rassembla l'équipe pour une réunion stratégique. « Nous avons réussi à éviter la capture pour l'instant, mais nous avons besoin d'un plan à long terme. Notre objectif est de nous éloigner le plus possible de la prison et de trouver un endroit sûr où nous pourrons nous regrouper et planifier notre prochaine étape. »

Ethan hocha la tête en accord. « Nous devons rester hors des radars. Éviter tout contact avec des gens qui pourraient nous reconnaître. Nous devons aussi être préparés à tous les défis inattendus. »

Maya ajouta, « Nous devrons garder nos provisions en stock et être ingénieux. La forêt peut être impitoyable, mais elle nous offre aussi une chance de survivre si nous sommes malins. »

Lily, ses yeux reflétant un mélange de détermination et de fatigue, conclut, « Nous sommes déjà arrivés jusqu'ici. Nous ne pouvons pas abandonner maintenant. Nous devons continuer à avancer. »

Avec leurs plans en place, l'équipe se prépara à quitter la cabane et à poursuivre leur voyage à travers la forêt. Ils étaient loin d'être sortis d'affaire, mais ils étaient déterminés à s'en sortir. La forêt, avec tous ses défis, était leur nouveau champ de bataille, et ils étaient prêts à affronter tout ce qui les attendait.

Alors qu'ils remettaient le pied dans la forêt, le poids de leur évasion s'installa sur eux. Ils étaient désormais des fugitifs, mais ils étaient aussi libres. Le chemin devant eux était incertain, mais ils étaient unis dans leur résolution de trouver la sécurité et de continuer leur lutte pour la liberté. À chaque pas, ils laissaient derrière eux les contraintes de la prison et s'aventuraient dans un monde sauvage et inexploré, déterminés à survivre et à prévaloir.

La forêt continuait à s'étendre sans fin autour d'eux, une tapisserie de vert et de brun tissée ensemble dans des motifs complexes. L'équipe naviguait à travers ses détours, utilisant chaque parcelle de leurs connaissances collectives pour éviter d'être détectée et trouver de la subsistance. Chaque jour était une lutte pour la survie, marquée par le besoin constant de rester vigilant et de gérer leurs ressources limitées.

La cabane leur avait été utile, mais au fil des jours, l'urgence de partir grandissait. Ils devaient trouver une solution plus permanente—un havre sûr où ils pourraient se regrouper, planifier leur prochain mouvement et se reposer sans la peur constante d'être découverts.

Au quatrième jour après leur évasion, l'équipe décida qu'il était temps de laisser la cabane derrière eux. Ils emballèrent leurs affaires, s'assurant de ne prendre que l'essentiel. Maya les dirigea dans une direction qu'elle croyait les mener à un vieux pavillon de chasse, réputé abandonné mais potentiellement utile.

La forêt était dense, et naviguer à travers elle s'avéra de plus en plus difficile. La végétation était épaisse, et les branches tombées créaient des obstacles naturels. L'équipe travaillait par équipes, coupant à travers les broussailles et dégageant un chemin pendant que les autres portaient leur équipement.

Au cours de leurs voyages, Ethan gardait un œil sur le ciel, notant le temps changeant. « Nous devrions trouver un abri bientôt, » conseilla-t-il. « Des tempêtes approchent, et nous devrons être préparés. »

Alors qu'ils progressaient dans la forêt, le ciel commença à s'assombrir. Des nuages s'accumulèrent, et la température chuta. Les premières gouttes de pluie tombèrent, se transformant rapidement en une pluie continue. L'équipe chercha rapidement un abri sous la dense canopée des arbres. Malgré leurs efforts, ils furent bientôt trempés, la pluie s'infiltrant à travers leurs vêtements et les gelant jusqu'aux os.

Maya, qui les avait guidés, s'arrêta soudainement. « Il y a un promontoire devant nous, » dit-elle. « Nous devrions pouvoir trouver un abri là-bas. »

Ils continuèrent à avancer sous la pluie, le bruit de la tempête amplifiant le sentiment d'urgence. Les sons habituels de la forêt étaient noyés par le rugissement de la tempête. Le paysage autrefois familier semblait maintenant étranger et intimidant.

Finalement, ils atteignirent le promontoire. Les arbres sur le bord offraient un certain abri contre la pluie, mais le sol était boueux et traître. Maya aperçut une petite grotte partiellement cachée par une épaisse broussaille. « Cela pourrait nous offrir une certaine protection, » dit-elle en pointant l'ouverture sombre.

L'équipe se dirigea vers la grotte, ses mouvements lents et prudents. À l'intérieur, l'espace était exigu mais sec. Ils se blottirent ensemble, essayant de se réchauffer et de chasser le froid. Le feu qu'ils parvinrent à allumer était un petit réconfort, sa chaleur leur offrant une pause bien nécessaire contre le froid humide.

Alors qu'ils s'installaient dans la grotte, ils firent

le point sur leur situation. La tempête faisait rage à l'extérieur, le vent hurlant et la pluie fouettant l'entrée de la grotte. C'était un rappel cruel du monde dont ils s'étaient échappés—un monde qui semblait se refermer sur eux même maintenant.

Alex sortit une carte et l'étala sur le sol, éclairée par la lumière tamisée de leur feu. « Nous devons évaluer notre prochain mouvement, » dit-il. « Nous ne pouvons pas rester ici indéfiniment. Nous devons trouver un moyen de contacter le monde extérieur, ou du moins trouver un endroit plus sûr. »

Maya hocha la tête. « J'ai entendu parler d'une petite ville à quelques jours d'ici. Elle est en dehors des sentiers battus et c'est là où vont certaines personnes qui veulent rester cachées. Nous pourrions peut-être nous fondre dans le décor et recueillir plus d'informations. »

Lily, encore tremblante de froid, partagea ses réflexions. « Cela semble être un bon plan. Mais nous devons être prudents. Plus nous nous déplaçons, plus nous prenons de risques. »

Ethan acquiesça. « Nous devrons garder un profil bas. Éviter d'attirer l'attention sur nous et nous assurer de rester hors de vue. »

L'équipe passa le reste de la nuit dans la grotte, blottis ensemble pour se réchauffer et se reposer. La tempête finit par passer, laissant la forêt enveloppée d'une épaisse couche de brume. La lumière du matin filtrant à travers les arbres projetait une lueur fantomatique sur le paysage.

Alors que les nuages de tempête se dissipaient,

l'équipe se préparait à quitter la grotte. Le sol était encore humide et boueux, rendant leur voyage lent et ardu. Ils emballèrent leurs affaires, s'assurant d'être prêts pour ce qui les attendait.

Avec Maya en tête, ils continuèrent leur trek à travers la forêt, avançant prudemment et restant vigilants. Le paysage était toujours un labyrinthe d'arbres et de broussailles, mais ils persévérèrent, portés par l'espoir de trouver la sécurité et un nouveau départ.

En marchant, ils rencontrèrent de petits signes d'activité humaine—un vieux sentier usé, un objet à moitié enfoui qui avait probablement été abandonné depuis longtemps. Ces vestiges de la civilisation offraient un certain réconfort, un signe qu'ils se dirigeaient dans la bonne direction.

Les jours passèrent, et leur voyage à travers la forêt devint de plus en plus difficile. Le terrain devenait plus accidenté et le temps plus imprévisible. Pourtant, leur détermination ne faiblit jamais. Chaque membre de l'équipe tirait de la force des autres, leur résolution se renforçant par les défis qu'ils affrontaient ensemble.

Finalement, après plusieurs jours de voyage éreintant, ils atteignirent la périphérie de la petite ville que Maya avait mentionnée. C'était un endroit modeste, avec quelques maisons éparpillées et une épicerie qui semblait n'avoir pas vu de clients depuis des années. La ville semblait presque figée dans le temps, son isolement étant à la fois une bénédiction et une malédiction.

L'équipe s'approcha de la ville avec prudence, leurs nerfs à vif. Ils devaient se fondre dans le décor et éviter d'attirer l'attention. Les rues tranquilles de la ville et les yeux méfiants de ses habitants faisaient comprendre qu'ils étaient dans un endroit où les étrangers n'étaient pas toujours les bienvenus.

Ils trouvèrent une vieille maison abandonnée à la périphérie de la ville qui semblait convenir à leurs besoins. Elle offrait un lieu pour se reposer et planifier leurs prochaines étapes. Alors qu'ils s'installaient, ils réfléchissaient à leur parcours et aux défis qu'ils avaient surmontés.

Leur évasion avait été semée de dangers, et leur survie dans la forêt avait testé leurs limites. Mais ils étaient parvenus à un nouveau chapitre de leur voyage— un chapitre qui promettait de l'espoir et la possibilité d'un nouveau départ.

Alors qu'ils se rassemblaient dans la pièce faiblement éclairée de la maison abandonnée, ils savaient que leur lutte était loin d'être terminée. Mais pour l'instant, ils avaient trouvé un refuge temporaire, et ils étaient déterminés à en tirer le meilleur parti. La forêt, avec tous ses défis, les avait conduits à ce nouveau départ, et ils étaient prêts à affronter tout ce qui les attendait avec une détermination inébranlable.

La petite ville de Millbrook contrastait fortement avec la dense forêt inébranlable qu'ils venaient de quitter. Son aura paisible, presque oubliée, offrait un faux sentiment de sécurité. La préoccupation immédiate de l'équipe était de rester discrète tout en évaluant leurs prochaines étapes.

La maison abandonnée dans laquelle ils s'étaient

réfugiés était un vestige d'une époque révolue—poussiéreuse, grinçante et pleine de souvenirs fanés. À l'intérieur, l'équipe avait installé une base de fortune, utilisant de vieux meubles pour créer une semblance d'ordre au milieu du chaos. Ils devaient se fondre parmi les habitants de la ville tout en cherchant des indices qui pourraient les aider dans leur mission.

Ethan prit l'initiative de faire le tour de la ville. Son expérience militaire lui permettait d'observer sans attirer l'attention. Il se déplaçait silencieusement à travers Millbrook, notant les lieux clés comme le magasin général, le petit diner et la mairie. Ses observations révélèrent que Millbrook était une communauté soudée avec quelques habitants méfiants et peu de circulation. La ville semblait être un refuge pour ceux qui cherchaient à échapper au monde extérieur—

un endroit parfait pour rester sous le radar.

Pendant ce temps, Alex et Maya travaillaient à établir des canaux de communication. Alex utilisait ses compétences en piratage pour accéder aux réseaux locaux, cherchant des informations ou des contacts utiles qui pourraient les aider. Maya, s'appuyant sur son expérience en contrefaçon d'art, commença à créer de nouvelles identités pour l'équipe. Ils avaient besoin d'établir des histoires de couverture pour éviter de susciter des soupçons.

Lily, avec son intuition aiguë et son empathie, s'aventura en ville pour rassembler des informations. Elle engagea des conversations avec les habitants au diner, évaluant soigneusement leurs réponses et reconstituant des informations sur la dynamique de la ville. Elle découvrit que Millbrook avait ses propres rumeurs et secrets, qui pourraient potentiellement leur offrir un avantage s'ils jouaient bien leurs cartes.

Au fil des jours, l'équipe s'adapta à son nouvel environnement. Ils apprirent à naviguer discrètement dans la ville, évitant les interactions inutiles et respectant une routine qui minimisait les risques. Ils prenaient des tours pour faire le tour de la ville, rassembler des provisions et maintenir leur couverture.

Un soir, alors que le soleil se couchait à l'horizon et que la ville se plongeait dans une routine tranquille, Lily revint à la maison abandonnée avec une nouvelle préoccupante. "Il se passe quelque chose en ville," dit-elle, sa voix basse et urgente. "J'ai entendu parler d'un groupe d'étrangers qui posent des questions sur les nouveaux arrivants."

Les yeux d'Alex se plissèrent. "Penses-tu qu'ils nous cherchent ?"

"C'est difficile à dire," répondit Lily. "Mais il est clair qu'il y a une surveillance accrue. Nous devons être plus prudents."

L'équipe se rassembla autour de leur table de fortune, où Alex étala les informations qu'il avait rassemblées. "Nous devons découvrir qui sont ces étrangers et ce qu'ils manigancent," dit-il. "S'ils nous cherchent, nous devons rester en avance sur eux."

Maya hocha la tête en accord. "Je vais voir ce que je peux faire pour recueillir plus d'informations. J'ai travaillé à me fondre parmi les habitants, donc je pourrais apprendre quelque chose d'utile."

Au cours des jours suivants, l'équipe se concentra sur la collecte d'informations et sur le fait de rester sous les radars. Ethan poursuivait sa surveillance, notant toute activité inhabituelle. Maya utilisait son charme pour côtoyer les villageois et découvrir des pistes potentielles. Alex travaillait sans relâche pour renforcer leur réseau de communication, s'assurant qu'ils pouvaient rester en contact et réagir rapidement si nécessaire.

Leurs efforts portèrent leurs fruits lorsque Maya découvrit un élément clé d'information : les étrangers étaient un groupe de détectives privés engagés par un client mystérieux. Les détectives étaient connus pour leur discrétion mais étaient également réputés pour leur grande compétence à traquer des cibles insaisissablcs.

Cette révélation augmenta leur sentiment

d'urgence. L'équipe réalisa qu'elle devait agir rapidement pour éviter d'être détectée. Ils élaborèrent un plan pour induire les enquêteurs en erreur et créer des diversions qui leur permettraient de gagner du temps pour leur prochain mouvement.

Une nuit, alors qu'une tempête se profilait à l'horizon, l'équipe mit son plan à exécution. Maya et Lily créèrent de fausses pistes et semèrent des informations trompeuses dans la ville, tandis qu'Alex et Ethan établirent une série de diversions pour détourner les enquêteurs de leur piste.

La tempête faisait rage pendant que l'équipe travaillait sous le couvert de l'obscurité. Le vent hurlait et la pluie tombait par torrents, ajoutant un élément de chaos à leur mission. Malgré les conditions difficiles, ils réussirent à mener à bien leur plan.

Alors que l'aube approchait et que la tempête commençait à se calmer, l'équipe retourna à la maison abandonnée, épuisée mais soulagée. Ils avaient réussi à gagner un peu de temps, mais ils savaient qu'ils ne pouvaient pas rester à Millbrook indéfiniment. Le charme tranquille de la ville était une arme à double tranchant, offrant refuge tout en les rendant vulnérables à la surveillance.

Le lendemain matin, l'équipe se rassembla pour discuter de leurs prochaines étapes. La tempête avait laissé la ville abîmée et soumise, reflétant leur propre sentiment de fatigue.

"Nous devons continuer à avancer," dit Alex. "Millbrook a rempli son rôle, mais nous ne pouvons pas rester ici. Nous devons trouver un moyen de garder une longueur d'avance sur ces enquêteurs et de poursuivre notre mission."

Ethan acquiesça. "Nous devrons planifier notre prochain mouvement avec soin. Nous ne pouvons pas nous permettre d'erreurs."

Maya proposa une suggestion. "Il y a un réseau de maisons sûres dans la région. Je pourrais peut-être trouver un contact qui peut nous mettre en relation avec eux."

L'équipe considéra les options et décida de suivre l'initiative de Maya. Ils laisseraient Millbrook derrière eux et chercheraient à rejoindre le réseau de maisons sûres.

C'était un mouvement risqué, mais cela offrait

une chance de trouver un emplacement plus sûr et de rassembler les ressources nécessaires pour poursuivre leur mission.

Alors qu'ils se préparaient à quitter la maison abandonnée, ils jetèrent un dernier regard sur la ville qui avait brièvement été leur refuge.

Les rues étaient calmes, la tempête étant passée, mais un sentiment de malaise persistait.

Ils se lancèrent dans leur nouvelle aventure, leur détermination plus forte que jamais.

La forêt, la tempête et les dangers cachés de Millbrook avaient mis leurs limites à l'épreuve, mais ils avaient tenu bon.

Maintenant, alors qu'ils faisaient face à la route

incertaine qui les attendait, ils savaient que leur survie dépendait de leur capacité à s'adapter et à persévérer.

Les murmures et les ombres de Millbrook s'effacèrent derrière eux alors qu'ils s'aventuraient dans l'inconnu, prêts à affronter tous les défis qui se présenteraient.

Chapitre 8

La Grande Évasion

Le silence de la prison de Greywall fut brisé par le son assourdissant des alarmes. Des lumières rouges clignotaient dans toute la prison, projetant une lueur sinistre sur les murs froids et en béton. Les gardes couraient dans les couloirs, leurs bottes résonnant sur le sol tandis que l'ensemble de l'établissement sombrait dans le chaos.

Dans le bureau du directeur, une réunion tendue était en cours. Le directeur Harris, un homme marqué par des années d'expérience, frappa du poing sur la table. « Comment cela a-t-il pu se produire ? Quatre prisonniers s'échappent d'une prison à sécurité maximale ? C'est inacceptable ! »

Le lieutenant Marks, chef de la sécurité, avait le visage blême en parlant. « Directeur, nous pensons qu'ils ont utilisé le passage dans la salle de lavage. Nous avons trouvé des outils et des vêtements déchirés là-bas ; il semble qu'ils se soient creusé un chemin. »

« Montrez-moi, » ordonna le directeur, et le groupe d'agents se précipita vers la salle de lavage.

Lorsqu'ils arrivèrent, la scène était tout aussi chaotique. Des vêtements étaient éparpillés partout, et les outils gisaient abandonnés sur le sol. Les murs portaient des éraflures fraîches, et des signes clairs de creusage récent étaient visibles.

« Ça doit être ça, » murmura Marks, plus pour lui-même que pour quiconque. « Ils ont dû utiliser ce passage pour s'échapper. »

« Alors pourquoi restons-nous là ? » aboya Harris. « Suivez ce passage immédiatement ! »

Un groupe de gardes se précipita dans le tunnel étroit et poussiéreux. L'air était chargé de l'odeur de la terre et de la sueur alors qu'ils avançaient à travers l'étroite ouverture. Leurs lampes de poche éclairaient les murs rugueux, et le son de leur respiration remplissait le tunnel.

Après ce qui sembla une éternité, ils atteignirent l'extrémité du tunnel, seulement pour se heurter à une épaisse porte en fer. Elle était verrouillée, rouillée, et ne montrait aucun signe d'utilisation récente. Les gardes échangèrent des regards confus.

« Ça n'a pas de sens, » dit l'un d'eux. « S'ils se

sont échappés par ici, comment ont-ils pu passer cette porte ? Elle est verrouillée et ne semble pas avoir été touchée depuis des années. »

De retour dans la salle de lavage, le lieutenant Marks reçut le rapport. Son visage devint blême lorsqu'il réalisa la vérité. « Ils n'ont pas utilisé ce passage du tout. Ils ont monté ça pour nous tromper. »

Les yeux du directeur Harris se plissèrent. « Alors, où sont-ils allés ? »

Marks hésita, son esprit en pleine effervescence. « Nous devons vérifier chaque porte de cette prison, chaque sortie possible. S'ils n'ont pas utilisé ce tunnel, ils ont dû trouver un autre moyen de sortir. »

L'équipe de sécurité se mit en action, inspectant systématiquement chaque porte, chaque sortie et chaque route possible pour quitter la prison. Mais chaque porte qu'ils vérifiaient était solidement verrouillée, sans signes de tentative d'effraction. C'était comme si les prisonniers s'étaient évaporés dans l'air.

Des heures passèrent sans pistes, et la frustration monta parmi les gardes. Comment quatre prisonniers pouvaient-ils disparaître sans laisser de trace ?

C'est alors qu'un des jeunes gardes, l'agent Jenkins, exprima une pensée qui le tourmentait. « Et si… ils n'avaient utilisé aucune des portes ? Et s'ils avaient trouvé un autre moyen de sortir… quelque chose auquel nous n'avions pas pensé ? »

Les yeux du directeur s'illuminèrent d'une colère mêlée de réalisation. « Vérifiez leurs cellules. Chacune d'elles. S'ils ne sont pas passés par les portes, ils ont peut-être creusé en dessous. »

L'équipe se précipita vers les cellules des quatre évadés—Alex, Maya, Ethan et Lily. Ils entrèrent dans chaque cellule, fouillant chaque recoin. Au début, rien ne semblait anormal, mais ensuite Jenkins remarqua quelque chose d'étrange dans la cellule d'Alex. Le sol, près du coin, avait une légère décoloration, comme s'il avait été perturbé.

« Ici ! » appela Jenkins, sa voix teintée d'excitation et de peur. Il saisit une barre en métal et commença à gratter le sol. Le ciment se fissura et s'effrita, révélant une entrée vers un tunnel en dessous.

La même découverte fut faite dans les trois autres cellules. Chaque cellule avait un tunnel soigneusement dissimulé, juste assez large pour qu'une personne puisse ramper à travers. Les tunnels avaient été recouverts d'une fine couche de ciment, habilement appliquée pour se fondre avec le sol.

Les gardes élargirent les entrées et commencèrent à descendre dans les tunnels. L'air était vicié et les tunnels étroits, mais ils poursuivirent, déterminés à découvrir où menaient ces passages. Après avoir rampé dans l'obscurité, ils atteignirent le bout—une grande porte souterraine qui avait été entrouverte, menant hors de la prison.

Au-delà de la porte se trouvait la forêt—une vaste étendue d'arbres denses et de broussailles, s'étendant à perte de vue. La réalisation frappa l'équipe de sécurité comme un coup de poing dans le ventre. Les quatre prisonniers s'étaient échappés dans la forêt, et maintenant, ils avaient le couvert de la nature pour aider leur fuite.

« Nous devons agir vite, » ordonna le directeur Harris, sa voix ferme. « Ils ne peuvent pas être allés loin. Formez une équipe de recherche. Nous les poursuivons. »

En quelques minutes, l'équipe de réponse de la prison fut assemblée, armée de lampes de poche, de radios et de chiens de suivi. L'équipe se répartit à la lisière de la forêt, déterminée à retrouver les fugitifs.

Ils plongèrent dans la forêt, les faisceaux de leurs lampes de poche découpant l'obscurité. Les chiens tiraient sur leurs laisses, désireux de repérer une odeur. Le groupe de recherche s'éparpilla, fouillant le sous-bois et s'appelant les uns les autres alors qu'ils couvraient le terrain.

Des heures passèrent alors qu'ils exploraient la forêt, mais plus ils avançaient, plus le terrain devenait désorientant. Les arbres devenaient plus denses, les sentiers plus tortueux et la végétation plus enchevêtrée. La forêt semblait les engloutir tout entiers, l'obscurité s'épaississant à chaque minute qui passait.

Et pourtant, il n'y avait aucun signe des prisonniers.

La frustration se transforma en désespoir à mesure que la recherche se poursuivait, mais la forêt restait silencieuse et vide. Les évadés avaient disparu, ne laissant aucune trace derrière eux. Les gardes appelaient, leurs voix devenant rauques, mais la seule réponse était le bruissement des feuilles et le hululement lointain d'un hibou.

À l'aube, le groupe de recherche revint à la prison, épuisé et bredouille. La forêt avait gardé ses secrets, et les quatre prisonniers demeuraient en fuite.

Le directeur Harris se tenait à la lisière de la forêt, la mâchoire serrée par la frustration. « Ils ne peuvent pas se cacher éternellement, » murmura-t-il, plus pour lui-même que pour quiconque. « Nous les trouverons. Ce n'est qu'une question de temps. »

Mais loin dans la forêt, loin de la portée des murs de Millbrook, Alex, Maya, Ethan et Lily planifiaient déjà leur prochain mouvement. Ils savaient que la recherche allait arriver, mais ils savaient aussi qu'ils s'étaient acheté un temps précieux. Du temps pour disparaître, du temps pour se regrouper, et du temps pour comprendre comment rester libres.

La chasse était loin d'être terminée, mais pour l'instant, ils avaient une longueur d'avance. Et alors que le soleil se levait sur la forêt, ils savaient qu'ils avaient remporté le premier round.

***

C'était tôt le matin lorsqu'ils décidèrent de passer à l'action. Le soleil n'était pas encore levé, et la ville était encore plongée dans l'obscurité, seule l'illuminure des réverbères perçant la pénombre. L'équipe rassembla ses affaires, s'assurant de ne laisser aucune trace de leur présence dans la maison abandonnée. Ils se déplacèrent rapidement et silencieusement, poussés par l'urgence de la situation.

« Sommes-nous prêts ? » murmura Alex, sa voix

stable mais tendue.

« Prêts comme jamais, » répondit Ethan, ses yeux scrutant les rues assombries.

Maya et Lily acquiescèrent en signe d'accord. Ils étaient tous sur les nerfs, conscients que c'était leur meilleure chance de s'échapper sans être remarqués.

L'équipe avait exploré la ville la veille et identifié une maison à la périphérie où une voiture était souvent garée. C'était un modèle ancien, pas clinquant, mais suffisamment fiable pour les sortir de Millbrook et les mener à leur prochaine destination. Ethan, avec son expérience militaire, avait pris les devants pour planifier le vol. Il savait comment démarrer une voiture à l'aide de fils, et ils n'avaient d'autre choix que de prendre ce risque.

Ils avancèrent silencieusement dans les rues, restant dans l'ombre alors qu'ils approchaient de la maison cible. Le quartier était étrangement silencieux, le seul son étant le bruissement occasionnel des feuilles dans la brise. La maison qu'ils visaient était sombre, ses occupants étant probablement encore endormis. La voiture, une vieille berline mais robuste, était garée dans l'allée, légèrement cachée derrière un grand chêne.

Ethan fit signe aux autres de rester en veille pendant qu'il se mettait au travail. Il s'accroupit près de la porte du conducteur, ses mouvements rapides et précis. En quelques instants, il avait déverrouillé la porte et était à l'intérieur de la voiture. Les autres retinrent leur souffle alors qu'il jouait avec les fils sous le tableau de bord. Après quelques secondes tendues, le moteur rugit, rompant le silence du matin.

« Allons-y, » chuchota Ethan avec insistance.

L'équipe se précipita rapidement dans la voiture—Alex à la place du passager, avec Maya et Lily à l'arrière. Ethan prit le volant, manœuvrant habilement en marche arrière et sortant de l'allée pour s'engager sur la route vide. Ils roulèrent lentement au début, prenant soin de ne pas attirer l'attention, avant d'accélérer progressivement alors qu'ils quittaient la ville derrière eux.

La route devant eux était longue et sinueuse, flanquée de forêts denses de chaque côté. En conduisant, les premières lueurs de l'aube commencèrent à percer à travers les arbres, jetant une douce teinte dorée sur le paysage. Les phares de la voiture découpaient la brume qui s'accrochait à la route, créant une atmosphère presque éthérée.

Pendant les premiers kilomètres, l'équipe resta silencieuse, chacun perdu dans ses pensées. Le poids de leur évasion pesait lourd dans l'air, mais il y avait aussi un sentiment de soulagement d'être enfin en mouvement à nouveau. Ils avaient réussi à sortir de Millbrook sans incident, mais ils savaient que la route qui les attendait serait semée d'embûches.

Après ce qui sembla être une éternité, Alex rompit le silence. « Alors, où allons-nous ? »

Maya sortit la carte qu'ils avaient utilisée, l'étalant sur ses genoux. « Il y a une ville à quelques heures d'ici—Riverside. C'est plus grand, avec plus de monde. Nous pourrons nous fondre dans la foule, disparaître. »

« Riverside, alors, » dit Ethan, gardant les yeux

rivés sur la route. « Mais nous devons être prudents. Les autorités pourraient être en alerte après notre fuite. Nous aurons besoin de nouvelles identités et d'un plan solide une fois arrivés. »

Alors qu'ils poursuivaient leur voyage, la route commença à serpenter à travers des zones plus peuplées. La forêt céda la place à des collines ondulées et à des champs ouverts, parsemés de petites fermes et de villes lointaines. Le soleil était maintenant complètement levé, projetant de longues ombres et illuminant la route devant eux.

Malgré l'heure matinale, les routes commençaient à voir plus de circulation : des agriculteurs sortant pour la journée, des camions transportant des marchandises et quelques voitures passant à côté. Ethan maintenait un rythme régulier, se fondant dans le flux de la circulation pour éviter de soulever des soupçons.

À l'approche de Riverside, le paysage commença à changer. Les champs ouverts et les petites villes furent remplacés par des bâtiments industriels et des autoroutes. La ville se profilait au loin, un labyrinthe tentaculaire de rues et de gratte-ciels. C'était un contraste frappant avec la tranquille ville de Millbrook, mais elle offrait exactement ce dont ils avaient besoin : l'anonymat.

L'équipe navigua à travers les banlieues de Riverside, passant par des quartiers qui devenaient de plus en plus denses à mesure qu'ils approchaient du centre-ville. L'agitation de la vie citadine battait son plein, avec des gens vaquant à leurs occupations quotidiennes, apparemment inconscients des fugitifs dans leur milieu.

Ils finirent par trouver un motel sans prétention à la lisière de la ville, un endroit où ils pouvaient rester discrets et réfléchir à leurs prochaines étapes. Le motel était vieux, avec de la peinture écaillée et un enseigne au néon clignotante, mais c'était exactement le genre d'endroit où personne ne poserait de questions.

Cependant, étant des prisonniers évadés, ils n'avaient pas d'argent. Voler une voiture était une chose, mais obtenir l'argent dont ils avaient besoin nécessiterait quelque chose de différent. Maya avait remarqué un petit magasin de proximité en entrant dans la ville—mal éclairé et avec une sécurité minimale. C'était un risque, mais un risque qu'ils devaient prendre.

« Je m'en occupe, » dit Maya d'une voix ferme. « Donnez-moi juste quelques minutes. »

Ethan gara la voiture à quelques blocs du magasin de proximité, dans une ruelle tranquille où ils ne seraient pas vus. Maya prit une profonde inspiration, se préparant à ce qui devait être fait. Elle n'était pas étrangère à l'art de la tromperie, mais c'était un défi d'un autre genre.

Le magasin était petit et semblait presque oublié, son extérieur fané et ses fenêtres embrumées de poussière. En s'approchant, Maya remarqua que les caméras de sécurité étaient dépassées—de vieux modèles avec une couverture limitée, facilement contournables avec un peu de créativité. Elle avait fait ses devoirs, observant la disposition du magasin et la routine du vendeur pendant leur bref passage à

Riverside.

Elle poussa doucement la porte, la cloche au-dessus d'elle tintant légèrement en entrant. Le vendeur, un homme fatigué d'une cinquantaine d'années, ne leva même pas les yeux de son journal. Le magasin était vide, sauf pour quelques allées remplies d'essentiels—conserves, collations et articles ménagers bon marché. La caisse était à l'avant, à côté d'une vitrine de billets de loterie et de cigarettes.

Maya se fraya un chemin tranquillement à travers les allées, prétendant parcourir les rayons tout en examinant les lieux. Ses yeux se posèrent sur le petit miroir de sécurité dans le coin, confirmant ce qu'elle savait déjà : il y avait un angle mort près de l'arrière, juste hors de vue de la caméra.

Elle prit quelques articles—un paquet de chips, un soda, un chewing-gum—des choses qui n'attiraient pas l'attention. Alors qu'elle se dirigeait vers le comptoir, elle glissa sa main dans la poche de sa veste, ses doigts frôlant la petite bouteille qu'elle avait préparée plus tôt. C'était un vieux truc qu'elle avait appris des années auparavant, quelque chose de simple mais efficace.

Le vendeur l'accueillit avec un sourire fatigué, à peine la remarquant alors qu'elle posait les articles sur le comptoir. « Juste ça ? » demanda-t-il, sa voix plate.

« Oui, » répondit Maya, son ton léger. Alors que le vendeur se retournait pour attraper un paquet de cigarettes qu'elle avait demandé, Maya ouvrit rapidement la bouteille et pressa quelques gouttes sur le comptoir, juste au moment où la caisse s'ouvrirait.

Lorsque le vendeur revint et enregistra ses articles, la caisse s'ouvrit avec un léger carillon. Le liquide incolore et sans odeur qu'elle avait appliqué s'évapora rapidement, libérant une vapeur douce et apaisante. Ce n'était pas assez fort pour assommer quelqu'un complètement—juste assez pour provoquer une vague de fatigue, rendant la personne plus lente et moins alerte.

Le vendeur cligna des yeux quelques fois, ses mouvements devenant lents alors qu'il comptait la monnaie. Il se frotta les yeux, bâillant alors que la vapeur commençait à agir.

« Nuit longue ? » demanda Maya avec désinvolture, glissant une note d'inquiétude dans sa voix.

« Ouais… juste fatigué, je suppose, » marmonna

le vendeur, ses paupières s'abaissant légèrement.

« J'espère que vous pourrez vous reposer, » dit Maya avec un sourire, prenant sa monnaie. Elle observa le vendeur, distraitement, laisser la caisse ouverte, son attention s'éteignant peu à peu.

Alors qu'il se retournait pour ranger les cigarettes, Maya profita de l'occasion. Avec une rapidité maîtrisée, elle plongea sa main dans la caisse enregistreuse, ses doigts agiles saisissant une poignée de billets. Elle glissa l'argent dans sa poche et attrapa ses articles, ses mouvements fluides et détendus.

« Prends soin de toi, » appela-t-elle en sortant du magasin, la cloche tintant de nouveau lorsque la porte se ferma derrière elle.

Maya ne se pressa pas en rejoignant la voiture,

son cœur battant mais son expression calme. Elle l'avait fait—rapidement, proprement, sans attirer l'attention. Le caissier ne réaliserait même pas ce qui s'était passé avant longtemps, si ce n'est jamais.

Lorsqu'elle atteignit la voiture, Ethan l'attendait, le moteur en marche. Elle glissa sur la banquette arrière, son expression ne trahissant rien alors qu'elle lui tendait l'argent.

« Assez pour nous faire tenir quelques jours, » dit-elle simplement, sa voix ferme.

Ethan hocha la tête, sans poser de questions. Il savait mieux que de s'immiscer dans les détails. Ils avaient ce dont ils avaient besoin, et c'était tout ce qui comptait.

L'équipe rassembla rapidement ses affaires et

s'enregistra au motel sous de faux noms, payant en espèces pour éviter de laisser une trace. La chambre était petite et humide, avec des meubles désuets et une légère odeur de moisi, mais elle était sûre, et c'était tout ce qui importait.

Une fois à l'intérieur, ils se permirent enfin de se détendre, ne serait-ce qu'un instant. Le voyage avait été épuisant, et ils étaient tous sur les nerfs, alimentés par l'adrénaline.

Alex était assis sur le bord du lit, son esprit déjà en train de concocter des plans. « Nous devons rester sous le radar pour l'instant, mais nous ne pouvons pas nous permettre d'être inactifs. Nous devons recueillir des informations, obtenir de nouvelles identités, et planifier notre prochain mouvement. »

Maya acquiesça en accord. « Riverside est assez grand pour que nous puissions nous fondre dans la masse, mais c'est aussi rempli d'opportunités. Nous devons juste être malins dans nos déplacements. »

Lily, les yeux reflétant un mélange d'épuisement et de détermination, ajouta : « Nous avons fait tout ce chemin. Nous ne pouvons pas nous relâcher maintenant. Nous devons rester vigilants et prêts à tout. »

Ethan, toujours le stratège, regardait par la fenêtre la ville au-delà. « Nous avancerons étape par étape. Pour l'instant, reposons-nous et regroupons-nous. Demain, nous repartons à zéro. »

L'équipe se mit à l'aise pour la nuit, la tension du voyage cédant progressivement la place à un optimisme prudent. Ils étaient dans une nouvelle ville, avec de nouveaux défis à relever, mais ils avaient l'un l'autre et une détermination partagée pour survivre. Riverside était leur chance d'un nouveau départ—un endroit où ils pouvaient disparaître, se reconstruire et se préparer à ce qui les attendait.

Alors qu'ils sombraient dans le sommeil, la ville bourdonnait de vie à l'extérieur, un rappel constant qu'ils n'étaient plus seuls dans la nature sauvage. Ils avaient échappé à une prison, mais le monde était rempli de dangers, et leur combat était loin d'être terminé. Mais pour l'instant, ils étaient en sécurité, et c'était suffisant.

www.ingramcontent.com/pod-product-compliance
Lightning Source LLC
Chambersburg PA
CBHW060912140726
47996CB00001B/213